地域創生時代小説！

箱館、風祭り

「立待岬」物語

みやびつかさ

北斗書房

あらすじ

時代は幕末、主人公は富山前田藩青年藩士・野宮周作。主な舞台は箱（函）館。ペリーの浦賀沖来訪をうけ、富山前田藩主前田利同は、西欧列強艦隊からの藩の防衛強化策を図るための人材育成に着手、若手藩士である井村幸正、野宮周作の両名を幕府直轄の箱館奉行所支配の箱館諸術調所《しょじゅつしらべしょ》へ留学させることを決めた。諸術調所の教授には、伊予大洲藩出身の武田斐《あや》三郎がいる。武田は、大坂の適塾、江戸において佐久間書院で蘭学、語学（オランダ語、英語、フランス語）、西洋医学、航海術、軍事などを学び、その後、幕府の命により、北方の防衛強化策として、諸術調所教授に任じられていた。

富山前田藩と蝦夷地は、北前船によって古くから結ばれ、関係を持っていたことから、長崎や江戸ではなく、箱館諸術調所で学ばせることになった。諸術調所では、井村幸正が英語と航海術及び軍事を中心に学び、練習船「亀田丸」で日本や極東ロシアの沿岸都市に航海もする。また、武田斐三郎が幕府より任されていた五稜郭の建設を手伝う。一方、野宮周作は、フランス語と西洋医学を学ぶと共に、箱館の医師の金井良庵宅で、医師の見習いとして治療を手伝う。そこで良庵の娘・お喜代と会い、お互いの愛を育む。夏祭りでは、将来を約束するが、時代の急変から富山前田藩の国元より井村幸正、野宮周作に帰藩が命じられる。

野宮周作は、お喜代と別れ、富山藩から江戸へと向かう。井村幸正は江戸家老の武器購入の手伝い（英国商館との通訳）、周作は榎本武揚の幕府海軍の通訳兼軍医を命じられる。

　鳥羽伏見の戦いなど時代が大きく動く中、富山前田藩江戸家老・朝倉雁之助は井村幸正を伴い、摩長軍からの藩の防備強化のため横浜英国商館より、最新式の銃と大砲購入の交渉を行い、それらを国もとに移送。

　幕府では榎本武揚が海軍を編成するも、大政奉還となり、錦の御紋を掲げる薩摩長州軍が無血江戸入城する。榎本武揚ら旧幕府軍は艦船で箱館に逃走する。

　野宮周作は、西洋医学者として高名な高松凌雲《りょううん》と出会い、旧幕府軍と共に再び箱館の地を踏みお喜代との再会を果たす。

　旧幕府軍、箱館・五稜郭入場し仮政権樹立、松前藩攻撃と開陽丸沈没、新政府軍が反撃、土方歳三が戦死、負傷兵が多発、野宮周作は治療に専念する。旧幕府軍の箱館病院に新政府軍乱入。旧幕府軍は降伏宣言、周作は新政府軍の捕虜となり、江戸へ移送された。そしてお喜代は、再び周作の帰りを待つ。

　箱館では立待岬で、愛しい人を待つお喜代の姿がみられた。船が人を運び、風が船を運ぶ、つまり、風を待つことになる。「風日待ち」とは、農作からの風の被害がないように神に祈る祭りである「風祭り」と同意であるが、ここでは「祭りを待つ」の意味を込め、お喜代が周作と楽しい夏祭りを待つ思い出でもある。

　そして、舞台の時代は明治となる。野宮周作は新政府の恩赦により、お喜代の待つ、函（箱）館に戻り、感動的な再会を喜び、終生の愛を誓うのである。

目次

さて、そもそもの物語の始まりは、三百年にわたり惰眠を貪っていた徳川幕府を眠りから覚めさせる事件が起こったことによる。

フェートン号事件と長崎奉行

文化五年八月十五日（１８０８年）。英国艦船フェートン号は、オランダ船を装い、赤白青の三色旗トリコロール（オランダ国旗）を掲げ、出島をめざし長崎湾奥に侵入してきた。

「ベリュー艦長、長崎湾の両岸にある砲台には人影が見えません。我々が英国艦船であることに気づいていないのか、あるいは警備を行っていないようです」

湾内でしばらく停船し、遠眼鏡で両岸を見ながら、あたりの様子をうかがった副艦長のジェームズ少佐が艦長に報告した。

「ジェームズ君、このまま出島までゆっくりと進み、湾内で錨を下ろそう」

この時代、日本と唯一交易を行っていたオランダは、フランスのナポレオンによって、統合され国力が低下していた。

この気に乗じて英国は、東アジアに展開していたオランダの植民地や権益を奪い、オランダ船を発見すると拿捕し積荷を強奪するのであった。軍艦と称しながら実態は海賊だ。

フェートン号は、長崎から二隻のオランダ船が本国向け出航するとの情報を上海で入手、長崎は五島列島沖でこれらを襲撃すべく洋上で待ち構えていたのだ。しかし、オランダ船は一向に現れず、金品の強奪どころか頼みの食料も手に入らない。

「まずは、湾内に停泊しているダッチ船を見つけ、オランダ商館員らを捕縛する。

そこですかさず、ユニオンジャックを掲げ英国艦船であることを解らせよう。

彼らを通じて日本の役人と交渉し、食料と水の補給を求めるのだ。

もし、補給を拒否すれば十八門の大砲で、出島のオランダ商館と長崎の街を砲撃することになる」

「ベリュー艦長、アイアイサー（了解しました）」と副長は応えた。

暫く出島沖で停泊する。

出島側では、自国船の到着と勘違いしたオランダ商館員四名が、出島側からボートを使い英国艦船に向かってくる。

ベリュー艦長は乗船したところで商館員を捕縛し、船内に監禁した。

その後、英国船は武装した水兵三十名を二隻のボートに分乗させ、出島に上陸する動きを見せた。

これを見て、ようやく自分たちが騙されたことを知ったオランダ商館員たちは、我先に長崎の街に一斉に逃げ出した。中には丸山遊廓で馴染みの遊女のところへ逃げ込むものもいた。

商館長であったグースは、部下数名連れて、長崎奉行所に駆け込んだのである。息を切らし、

「御奉行、大変な事になった。

英国艦船がオランダ船を偽り、商館員を人質に出島を占拠している。

何とか商館員を助け出し、英国船を追い出してほしい」

すると逃げ遅れたオランダ商館員が、後から英国船からの要求を伝えにグース館長のいる奉行所に駆けつけてきた。

イギリス兵の意図を知ったグ―ス館長は、奉行に懇願した。

「お奉行様、エゲレス船は食用の牛や羊、大量の野菜と水を要求しています。

もし、これを断れば長崎湾にいる船（停泊している唐人船やオランダ船）をすべて焼き払うと言っております」

これを聞いた長崎奉行の松平康英は激怒した。

「エゲレス船め、愚弄しおって目に物見せてくれる。早々に守備の佐賀組を集めるのだ。逆に打って出て、船を焼き討ちにしてくれる」と非常召集を行った。

ところが、駆けつけた佐賀藩士は、千名の侍が長崎に常駐しなければならないのに、わずか百六十名しかいない。

松平康英守は、

「これはいったいどうしたことだ。これでは戦にならなではないか。佐賀藩は、お役目を何と心得ているのか」と佐賀藩組頭の横山忠明を叱りつけた。

横山ら佐賀藩士組頭が詫びを入れたが、事はすでに後の祭りとなっていた。本来、長崎に駐留していなければならない佐賀藩士の大部分は、国もとに帰藩していたのである。

江戸幕府開闢以来、三百年間の間、オランダ船以外の船が長崎を訪れたことはなかったのである。

英国艦船は、オランダ人一人を解放したものの、残りの数名を船内に留め、重ねて水と食料の提供を長崎奉行に督促した。

本来、オランダ船以外の国の船が現れた場合は、これを打ち払うのが長崎奉行の役目であるが、戦力の差は明らかなことから、松平康英はグース館長の進言に従い、食料と水を提供した。

フェートン号は残りのオランダ商館員を解放し、早朝、長崎を後にした。

後日、横山ら佐賀藩からの幹部十数名は、責任を負い藩詰め所に戻り腹を切った。

また、その夜、松平康英《やすひで》もまた、長崎奉行所西役所で腹を切った。その腹には内臓を自分で掴みだし「腹に一物もなし」の意を示した。

さらに幕府は、佐賀藩主鍋島茂義《しげよし》を謹慎処分とした。

こうして事件は、一応の決着を見た。人々が再度平和なまどろみにつく中、やがて来る大きな波を予感して、遥か海のかなたに思いを巡らせる数人の人々がいた。

ペリー来訪

長崎のフェートン号事件から四十数年後の嘉永六年（１８５３）の暑い夏、ペリー率いる四隻の鋼鉄製蒸気船からなる米国艦隊が突然、浦賀沖に現われた。

江戸は騒然となり、諸藩は幕府の対応に追われた。

富山前田藩江戸詰家老である朝倉友之助は、部屋住みの藩士井村幸正、野宮周作ら有望な若い藩士数名と絵師を伴い、急ぎ浦賀に向かった。井村幸正は十八歳、野宮周作は十六歳であった。

特に周作は前の年に元服したばかりの少年の面影を残す、ういういしい若侍である。

すでに浦賀には、大勢の見物の人々が押し寄せていた。朝倉らは、小高い丘に登り、絵師に蒸気船の詳細な絵を描かせる一方、自らも筆をとり、艦船の大きさ、特徴などを入念に書かせた。初めて目にする西洋の技術に井村は感嘆しきりである。


「朝倉様、実際に黒船を目の当たりにすると、その大きさに驚かされます。鉄で出来ている船が海に浮くとは、知りませんでした」

「西欧の文明の進化は、我々の予想を超えている。若い者は西欧の諸術を盛んに学び、日本も西欧に負けないようにしなければならない」

「私も周作も、お指図をいただいて以来、佐久間象山先生のところで入塾をお願いしているのですが、諸藩から多くの入塾希望者があり、順番待ちで、いまだ入塾のお許しを得られておりません」

朝倉は筆を取りながら、

「どの藩も考えることは同じだ。よほどに佐久間先生に顔が利く人物の紹介状がないと、入塾は許可されないようだ。

しかし、このようなものが将軍様のおひざ元に現れる事態になっては、のんびりと構えているわけにもゆかぬ。何か別の方法を考えなくてはならない。

まずは、黒船の特徴をよく見聞し、国もとの殿様に一刻も早くご報告ができるようにするのだ」

そうこうするうちに、沖に停泊する黒船に一艘の小船（和船）が近づき、何か大きな紙を示し、大声で何かを叫んでいる。

小船に乗っているのは、浦賀奉行所の役人のようである。そのうち、黒船の乗組員との会話が通じた様子で、役人は下ろされた梯子《はしご》を伝って黒船に乗り込んでいった。

この手際良い役人のやりとりを見た井村は、

「浦賀奉行所には、外国船と渉り合える優秀な人がいるのですね」と驚いた顔をした。

後に伝わった話では、この役人は中島三郎助という浦賀奉行所の同心で、和蘭語の通詞を伴っていた。黒船はアメリカ国であるので英語だが、黒船にも和蘭語が話せる者がいるだろうという見込みによるものだ。

これも合わせて伝わったところによると、中島三郎助は黒船の便所を借り、用足しをした上、船内をつぶさに見回り、その様を幕府に報告したというから、ただ者ではない。

中島三郎助は、後にわが国初の西洋式の船を作ったほか、幕府が長崎に開設した操錬所に第一期生として志願、さらに松前藩の福山城攻防に参戦し、周作とも共に闘うことになる。

「これ、押すな、崖から落ちるではないか」

江戸の人々は武士も町人も物見高い。朝倉たちが浦賀の丘につめかけた人たちと、押しつ押されているると、丘の裾から問い合わせにやった若い藩士の一人が、手で汗を拭きながら顔を上げ駆け登って来た。

「朝倉様、あちらにおられる長岡藩のご用人の話では、一昨日、浦賀奉行所の与力（中島三郎助のこと）が小船で黒船に向かったところ、アメリカのペリー提督は、与力の身分が低いと言って、アメリカの大統領から上様宛への親書を渡さなかったそうです」

「それでペリーは何と申しておるのか」

「江戸湾に黒船で押しかけて、直接、上様に親書を渡すと申しておるそうです」

「上様はご病気うえ、それは叶わないだろう。これは幕府老中も困っておられることだろう。さて、黒船の絵の出来具合はどうであるか」と絵師に尋ねた。

絵師は、

「もう一時《いっとき》ほど時間をいただきたく、存じます」

朝倉は、つれづれのままに知った顔を探して、あちこちを見回していたが、

「あそこを見よ。佐久間象山先生が塾生を伴ってやはり黒船の見聞を熱心にされている。後でお話をお伺いに行かねばなるまい」

この佐久間象山と共に、塾生であった吉田松陰や、その後、井村幸正と野宮周作の師となる武田斐三郎も浦賀にあった。

朝倉雁之助が帰藩、藩主前田公と謁見

浦賀から江戸に戻った朝倉ら三名は、絵師が書いた黒船の絵図と、自ら書き合わせた書面を携え、急ぎ越中は富山前田藩の国もとに向かった。

富山前田藩は加賀前田藩の分家で、前田利家《としいえ》の孫にあたる前田利次《としつぐ》が初代藩主である。この利次から数えて十一代目にあたるのが、前田利友《としとも》である。

当時、越中富山までは、甲州街道を通り諏訪から塩尻峠を越え、松本から安房峠を抜け飛騨高山より北上して富山に向かう道筋と、上越路をめざし三国峠を超えて長岡藩を経由して富山に至る二つの道筋があった。朝倉らは、今回飛騨高山を抜けて国もとに帰還したのである。

国もとに戻った一行は、ただちに登城した。

富山城は本丸、西之丸、二之丸、三之丸と千歳御殿から成り、それぞれ濠に囲まれ、本丸に登城するには、外濠に架かる橋から大手門を通り、さらに二階櫓門から二之丸を抜けて橋を渡り、鉄門を通らなければならなかった。

また、城には天守閣はなく平城であったが、今で言う迎賓館にあたる豪華な千歳御殿がある。

第十二代藩主前田利友は、待ちかねた様子だった。

「ご苦労である。挨拶は後でよい。黒船の絵図を早くこれへ持て」

朝倉は井村幸正、野宮周作を後ろに控えさせ、利友の前に進み、黒船の絵図を差し出した。

前田利友は、

「もっとちこうに参れ。黒船の図面がよく見えないではないか」

朝倉は前に進み出て、閉じた扇子で絵図を指し示しながら、

「殿、まず四隻の黒船のうち二隻は鋼鉄で出来ており、また、二隻は帆船です。その長さは、約二百間ほどあり、北前船の約五倍はあろうかという大きさであります。

鋼鉄船は左右に大きな外輪をつけており、これが蒸気機関により回り、船は前に進むのであります。黒船の中央には煙突があり、モクモクと煙を吐いております。

大砲は左右に各七門ずつ、合計十四門配置されており、砲弾は一里先まで到達するとのことです。また、砲弾はただの鉄の玉だけではなく、中に火薬が詰まっており、落ちると炸裂するため、破壊力は格段に大きいと言われております」

前田利友は、

「なかなか良く書けている。ロシアに続き、アメリカの黒船も押し寄せてくるのでは、当藩も西洋の知識を急ぎ習得しなければならない。

ところで、佐久間象山の象山書院への入門の願いの件であるが、小藩である当藩をなかなか相手にしないようだ」と悔しそうに眉を寄せた。

「そのことでございます」と朝倉も渋い顔をすると、利友は目を上げて言った。

「今回の帰藩に際し、江戸勤めの若手藩士の中から優秀な二名を同道させるように申し添えておいたが、供の者がそれらであるのか」

「ははぁ、ここに控えております。井村幸正、野宮周作の両名がそれであります。

佐久間の塾に入塾させるつもりで江戸屋敷に留めておりますが、今だ入塾許可がおりません」

「何とか手立てを講じなければなるまいなあ」と利友は持っていた扇子で、頭をかいて見せた。

周作、実家に戻る

その後、二人の若者に対して藩主の前田利友は、

「さて、明後日の晩、千歳御殿にて、例会の薪能が行なわれる。朝倉ともども両名も招きたい。帰藩の疲れをとり、楽しむように」とさらに申し渡した。

雲の上の人物である藩主から言葉をかけられて、周作は平伏するばかりである。期待に応えねばならぬと言う強い気持ちが湧きあがってきた。

家老の朝倉と同輩の井村幸正に大手門の前で別れ、蝉時雨の中、小島町にある自宅に一年ぶりに戻る道でのことだった。

門を入る若主人を今か今かと待ち構えていた下人の作衛エ門は、

「奥様、お坊のお帰りです」と大声で知らせた。

母、千代と姉の真木枝が玄関にかけつけた。

「ただいま、帰還いたしました」

「大役を果たされ、ご苦労様でした、まずは長旅の汚れを落とし、着替えをしてください」

姉の真木枝も、

「周作さん、お帰りなさいませ」と声をかけた。

「一年も会わないと、美しくなりましたね。ご縁談のお話も多いことでしょうね」と周作は、自分の姉にほんの少し、見とれてお世辞めいたあいさつをした。

庭にある井戸で、体の汗や汚れを落とした周作は、普段着に着替え居間に座り、江戸屋敷での暮らしぶりや佐久間象山の塾に入門がかなわないこと、ペリーの黒船来航で江戸が大騒ぎとなっていること、さらには江戸家老とともに浦賀まで出かけたことを二人に聞かせた。

「上村のお父上はお元気ですか」

千代は長旅の着物をきれいにたたみながら、

「もうすぐお盆の時期です。父上もお戻りなりますよ」

野宮家は、代々、加賀の前田家宗家に使える譜代の家臣で、富山前田藩が分家の際に富山に移り住んでいる。父の野宮新十郎は、富山前田藩の重役の末席に連なっており、今は八尾村の村代官を一年前から拝命し、いわば単身赴任となっている。

単身での赴任の表向きの理由は、祖母である慶子が高齢で病気持ちのため、医者に通わせなければならず、八尾村に家族を伴わっての赴任はできないとしている。

しかし、実は千代と真木枝も町暮らししか知らず、田舎暮らしを嫌ったことが本当の理由である。

「新太郎はいないのですか」と弟の姿が見えないことを尋ねた。

母は、

「広徳館に行くと言っていましたが、果たしてどこで遊んでいるから分かりません」

「周作が江戸でご奉公しているのですから、新太郎にはもう少し、父上のお役に立つように、しっかりと学問に身を入れてもらいたいところですが、まだまだ遊ぶことに気を取られています。周作からも意見をしてやってください」

「もう少しすれば、自覚するでしょう」

千歳御殿での薪能

それから二日後の夜、千歳御殿での薪能に江戸家老も招かれた。

千歳御殿は、第十代藩主の前田利保《としやす》が弘化三年（１８４６）に隠居した際に建造したもので、能舞台を大勢の家臣や招かれた大店などの町人が鑑賞できる大舞台がある。雅な趣味はさすがに加賀藩の支流である。

千歳御殿は、その窓からは雄大な立山連山が眺望できる。

これは前田利保の「立山を見たい」との希望から増築されたもので、立山を正面から見るためには、二階の部分が四十五度ずれた建て方となったという。

前田利保は、藩主在任中に藩政改革や産業の育成に努め、和歌、能、国語、本草学などに優れ、今に続く「富山の薬」を振興、奨励した富山前田藩にとって中興の祖の一人である。

代々、家臣にとって千歳御殿の薪能に招かれることは大変名誉であり、特に年頃の娘を持つ親にとっては、娘を披露する絶好の機会である。

この薪能に娘を伴う時は、娘の帯に数十両を費やし、ほかの家臣に見栄を張るものも多かった。親にとっては年頃の娘が評判となり、良縁が舞い込むことを期待したのである。

井村幸正は、剣の腕は立つが、女性には目が無く、いわゆる「女好き」で、ここでも薪能はそっちのけで、華やかに着飾った娘たちの品定めを始めた。

「目が細すぎる、色が白いは良いが精気がないな。頭も悪そうだ。話して退屈な女はつまらんぞ。お前はどれが好みだ？　わしは……」

低い声でひっきりなしに話しかけられて、生真面目な周作は気が気ではない。女の顔をしげしげと見たことはない。まして着飾った若い娘の顔など、正視する度胸があるわけもない。黙殺していると、さらに周作の声が大きくなる。

とうとう横にいた朝倉に、

「おまえ達、御殿で何をしているのだ」

と叱られてしまった。とばっちりもいいところだ。

絢爛豪華を誇る初代の千歳御殿だが、安政二（１８５５）年二月の城内の火災

コラム
千歳御殿と富山城

千歳御殿は、第 10 代藩主前田利保が隠居所として建てた御殿です。嘉永元年（1848）に着工して翌年に竣工、利保は 8 月に移り住みました。しかし、完成からわずか 6 年後の安政 2 年（1855）2 月に火災により全焼しています。本小説では、この千歳御殿の歴史的価値と存在を読者に標すために、あえて存在している形をとりました。本文では、『その後ただちに復元され、利友に継がれている』と記しています。したがって、現存はしませんが、御殿内には御涼所と呼ばれる施設があり、1 階と 2 階の角度が 45 度わざとずらして造られていました。一説によると、川縁の桜並木や美しい立山連峰を眺めるため、2 階部分を立山連峰の方角に向けたのではないかと言われます。

で全焼してしまった。しかし、その後ただちに復元され、利友に継がれている。

野宮周作らが招かれた夜も、名だたる家臣に加わり、家臣の年頃の娘をはじめ、城下の豪商の娘なども参列しての薪能が開かれた。

父、新十郎と八尾村

お盆を迎えた野宮家に父、新十郎が八尾村から戻ってきた。

「また江戸にでも向かうであろうが、準備もあろうが、たまには私の代官所のところにも遊びに来てくれ。来月には、めずらしい『風の盆踊り』を見られる」と浴衣に着替えながら、大人になった周作の顔をのぞいた。

半月後、周作は城下から十里離れた八尾村の奉行所に向かった。

八尾村は元禄年間から良質の和紙を盛んに製造することで知られるようになった。これは、江戸時代に全国に広まった富山の売薬の袋紙や包装紙などに用いるため多くの需要が起こったためだった。

同じく配置行商で富山藩の財政を支えたたものに蚕種があり、これも種を植え付けるために八尾産の和紙が利用された。

八尾の「盆踊り」も本来は秋の豊作を祈るものであるが、夏から秋に季節の変わり風が変わるときに行われることから「風の祭り」とも呼ばれている。

歴史は江戸の元禄末期（１７０２年）まで遡のぼっているが、時代の変化に合わせて踊りも変化し、この時の踊りの衣装は、目深な編笠に浴衣、奏でる楽器は胡弓と三味線である。

八尾村の盆の夜を迎え、奉行所の門の通りに設けられた縁台に腰を下ろし、浴衣姿の新十郎と周作がいた。

闇の中から哀調を帯びた胡弓の音と朗々としたおわら節が流れてくる、じっと眼を凝らしていると、角々の提

「八尾の「盆踊り」

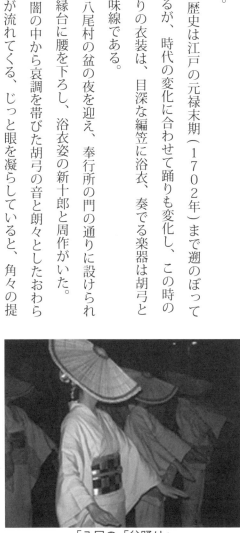

灯の明かりを受けて踊り手たちの姿があらわれ、近づいてきた。

まるで異界からのつかの間の客のように神々しくも懐かしい眺めに思われ、周作の胸は静かなあこがれに満たされた。

勇壮に舞う男舞のあとに和やかに舞う女たちが続く。顔は見えないが、指をそろえた手が白くなまめかしく、陶然と見つめる中、女たちが踊りの所作で優雅に首をひねった拍子に一人の女の白い顔が傘の下から垣間見えた。

黒々とした美しい瞳が自分に向けられたような気がして、周作はふらふらとあとに続きそうになり父親に袖を掴まれた。


行列が行ってしまったあと、一人、赤面している周作に新十郎は微笑んで語った。

「祭りが人を酔わせるのはなぜだと思う？　それはわしらの心の深いところで、地の神に応える魂があるためだとわしは思う。周作、その魂を失うでないぞ」

周作は、はっと背筋を伸ばして言った。

「藩のために誠を尽くして学び、働きます。そして、野宮の名をあげてご覧に入れます」

父はそんな息子を愛しげに見ていたが、やがて首を横に振って言った。

「わしの言うのはもっと深いもののことだ。なるほど、家も忠義も大切だ。しかし、お前はわしらが思ってもみなかった流れの中に泳ぎ出てゆく。お前の身に何が起こるかは誰にもわからん。場合によっては野宮の家を捨てることになるやもしれぬ。あるいは藩をさえ去ることになるかもしれぬ。ただ、お前の中には父祖代々が太古の昔から受け継いできた魂がある。それさえ失わなければ父は満足だ」

面食らった周作は尋ねた。

「その魂は私に何を求めるのでしょうか」

父はゆっくりと首を左右に振り言った。

「わしにはわからぬ。お前がこれから探しあてるのだ」

その後、城下に戻った周作は、いつ届くかもしれぬ江戸の象山書院からの入門許可の知らせを待ちながら、藩の師範見習いとして、藩子弟の教育を手伝った。

ペリーが開国を迫る

周作らが富山に戻り新しい年を迎えた翌年の安政元年（1854）一月、ペリーは再び浦賀沖に現れた。当初、一年後に再び日本を訪れるとしていたものを半年早めたものであった。

前回、黒船は四隻あったが、今回は七隻の艦船として大挙して来訪したのであった。

ペリーは病床にあった将軍・徳川家慶《いえよし》の死去を上海で知り、この間隙をついて日本に開国を迫るため、再び江戸をめざしたのであった。

幕府は、ペリーの急な再訪に驚いた。将軍家慶《いえよし》の後を継いだ家定《いえさだ》は病弱であったことから、老中・阿部正弘《まさひろ》をはじめ幕閣は混乱し、ついにペリーの開港の要求を呑み、三月に日米和親条約（神奈川条約）を結び、下田と箱館を開港したのである。

当初、ペリーは箱館、琉球、そして神奈川の三箇所の開港を要求したが、幕府は神奈川が江戸に近いことから、江戸から遠方の下田とし、箱館の二港のみの開港とした。

また、米国人の居留は認めず、寄港のみを認めるというものであった。

一方、幕府は蝦夷地におけるロシアの南下政策に対抗するための方策を迫られていた。

幕閣の中には、ロシアの南下政策に対抗するために、早急に樺太・エトロフ・クナシリの島々の警備強化と開拓を進めるべきだと主張する勢力があったが、幕府目付役の堀利熙《ほりとしひろ》（通称 堀織部。後に箱館奉行となる）や勘定吟味役の村垣範正《むらがきのりまさ》らは、奥蝦夷地の開拓には莫大な費用を要することを鑑みて、まず行うべきは正確な現地調査であると主張した。

幕府は二人の意見を受け入れ、二人に蝦夷地巡見を行うよう命じた。

ペリー箱館に現れる

堀利熙と村垣範正は、幕府お抱えの蘭学者武田斐《あや》三郎らを従えて、蝦夷地巡見に向かった。この時、ペリーは開港する箱館への訪問を幕府に申し出ていた。

特に、箱館の開港を米国が強く望んだ理由は、当時の米国の燃油資源である鯨がすでに大西洋では獲り尽され、北太平洋漁場に捕鯨船が進出していたことにある。

捕鯨船の食料の水や補給を受ける港が必要になったほか、難破した乗組員の引渡しでは、それまで唯一の外国との貿易港であった長崎まで輸送、そこで引き渡されることから、時間と手間がかかったのである。

また、幕府方にとっても箱館開港は急務であった。捕鯨船の乗組員が、蝦夷地に勝手に上陸し住民から食料を奪ったり、水の補給を求めたりしたことから、住民や役人との紛争が頻発し、松前藩を悩ませていたからだ。

箱館が開港された安政元年（1854）、蝦夷地は松前藩の領地であった。

その年の三月三日、老中松平伊賀守忠固《ただたか》は、松前藩の江戸屋敷にペリー艦隊が箱館を訪れることを伝える書状を送り、ペリーの接見では粗末な扱いをしないように注意を払うようにと指示をした。

この書状は早馬により十日後には、松前藩の藩主松前宗広《たかひろ》のもとに届いた。

ここは松前城内である。

奥用人の木村太夫は、

「殿、一大事でございます。先ほどの江戸からの知らせでは、ペリー率いる米国艦隊が箱館に向かっているとのことでございます。老中より万難を排して接遇せよ、との命が下されました」

宗広はあわてて、

「勘解由《かげゆ》はどこにおる」と家老の松平勘解由を呼んだ。

勘解由は、

「殿、ここに控えております。直ちに接見と警備の手配を進めなければなりません」

「勘解由、そちに一切を任せる。万事、遺漏無きように手配りせよ」

主従が渋い顔をするにはそれなりのわけがある。

これまでにもアメリカ船員たちは蝦夷地において人家に押し入り、食べ物や酒を求めるなどの乱暴狼藉を働いていた。

一行が立ち去るまで子女は山などに避難させ、商家は店を閉めるようすることと、物見遊山や物見の小船を出さぬよう触れを出すことを主従は決めた。

「松前勘解由」

勘解由のこんにゃく問答

ペリー来訪を前にした箱館の町は大騒ぎとなった。女子は町を離れ、親戚や知人宅、さらには湯治場であった湯の川などに避難。また、町家は硬く戸を閉めるなど厳戒態勢に入った。

一方松前城では、勘解由が自ら一番隊の接見使となり、その上で、予備の第二隊の接客使も準備し、警備の侍など役七十数名を率いて箱館に赴いた。

三月十五日には三隻の帆船、そして二十一日には旗艦の蒸気船ミシシッピー号など二隻が箱館港に到着した。

そして二十二日、ペリーらはボートに乗り、箱館に上陸した。一行は箱館の湊近くにある山田屋寿兵衛宅の裏座敷に通され、勘解由らと対面した。

ペルーは箱館来訪の目的や要望を英語で話をしたが、しかし、松前藩の接見使には通詞はいなかったため、何を求めているのかが勘解由にはわからなかった。

家老の松前勘解由は、

「アメリカの使節団には通訳はいないのか」とあたりを見回すが、ペリーの随行者には中国人が一人いるだけで、日本語を話すものはいなかった。

「これは困った」

すると、ペリーに随行している中国人はペリーの話を漢文に書き、これを勘解由に渡したのである。また、勘解由も漢文を書き、中国人に手渡すというやりとりとなった。

しかし、こうした漢文を仲立ちとしたやりとりではおのずと限界がある。十分に意思疎通ができず、勘解由もペリーも困惑したことから、勘解由は藩主に通訳の派遣を要請した。

意思疎通が出来ないペリーは、いらだち始めた。通訳が到着するまでの間をなんとか持たそうと、勘解由は心を砕いてひたすら言葉の通じない客人をも

「ペリー接見の図」

てなした。

ペリーは言葉の壁はあったものの、勘解由の懸命でしかも紳士的な対応ぶりに、深い感銘を受けたと後に回想している。

このペリーと勘解由のやりとりが、その後、江戸の諸藩公の耳に伝わり「勘解由のこんにゃく問答」として、諸藩の笑い話となったのである。

松前福山城では、藩主宗広が丁度その時期に西蝦夷地を巡回調査していた幕府目付である堀利煕に書状を出し、通詞の助勢を求めた。

そこで、堀利煕は英語がわかる武田斐三郎、安間純之進、平山謙二郎の三名を急遽箱館に向かわせた。

松前福山城に着いた武田斐三郎らは、四日をかけて箱館に着くとすぐに接見所である山田屋寿兵衛宅の裏座敷に向かった。

勘解由は、

「ペリー殿、今回、蝦夷地巡見中の幕府要人に通詞をお願いし、この場に武田氏に来てもらいました」と武田自身を介して説明した。

「それはよかった。ミスター勘解由の接待には大変感謝しているが、話がまったく伝わらず、仕事にならず困り果てていた」

「今回の箱館の訪問は、箱館の港が米国の捕鯨船の補給地として適しているかどうかを見定めるものだ。まずは港の測量を行いたい。その手助けをしてほしい」

武田斐三郎らの通訳により、ペリーの測量は順調に行われ、箱館港が良港であることに満足し、ペリーは箱館を後にした。

大任を終えた武田斐三郎らは、再び蝦夷地巡見中の堀利熙と蝦夷各地随行視察を続け、江戸に帰還した。

武田斐三郎と箱館諸術調所の設置

幕府は松前藩では蝦夷地の警備が十分でないこと、さらに先のペリー箱館来訪で露呈したように、外国船への応対や外交公務が松前藩では裁ききれないことから、蝦夷地を再び直轄とすることを決め、松前藩の領地は、太平洋岸は木古内、日本海岸は乙部村迄とし、その以北は幕府の直轄とした。

そして、蝦夷地の警備を東北の津軽・南部・秋田・仙台・会津、庄内の各藩に命じた。警備の区分けは、会津藩が東蝦夷地の根室から西蝦夷地の斜里《しゃり》、紋別《もんべつ》まで、庄内藩は歌棄《うたすつ》から天塩《てしお》まで、さらに南部藩は恵山岬《えさんみさき》から幌別《ほろべつ》まで、仙台藩は白老《しらおい》から根室、国後《くなしり》、択捉島《えとろふ》まで、津軽藩は久遠《くどう》から神威岬《かむいみさき》、そして秋田藩は神威岬から斜里までと樺太島《からふと》までであった。

蝦夷地の所領の大部分を召し上げられる松前藩にとっては、この決定は経済的には大きな打撃になった。蝦夷の勝木からの産物を松前に集め、これに租税をかけることによって藩の財政をまかなっていたからである。

しかしその一方、押し寄せる外国船に対するさまざまな対応や広い蝦夷地の警備強化には、莫大な費用がかかることも事実である。幕府がこれらを肩代わりすることは、松前藩にとっては厄介な重荷から解放されることも意味していた。

一方、幕府直轄の箱館奉行所を嘉永七年・安政元年（1854）の六月より設けた。そして、箱館奉行には、堀利熙と竹内保徳が任命された。函館奉行職は遠隔地であるため、それぞれ一年毎に交代することになった。

通常、町奉行などは江戸では南町と北町の奉行が半月毎に交代した。これは各藩の藩士も同様で、半月毎に役職が交代し、半月の間勤めると、後の半月は、役宅での生活を送っていたのである。

安政三年（1856）の夏のはじめごろ、ここは老中、阿部正弘の江戸屋敷。

「お召しにより、朝比奈昌広まかりこしました。

私のお呼び出しとは、どのようなご用向きでございましょうか」

阿部正弘は、

「このたび、貴殿は長崎奉行として着任されるが、その前に蝦夷地のことを相談しておきたいのである」と切り出した。

「蝦夷地にロシア艦船が相次いで出現しているなか、ペリーの再びの来訪により、我が国は、日米和親条約を結び、下田のほか、箱館を開港することになった。事態が予測もつかぬ方向へ動き始めているこの時、幕府としても対外政策を担う人材の育成が急がねばならない」

と現状を語った。

「そこへ幕府直轄の箱館奉行所の竹内、堀両奉行から進言があったのだ」

奉行所の支配下に西欧の諸術を諸藩の若者に教える箱館諸術調所《しょじゅつしらべしょ》を開校し、北の守りを担う人材の育成を図ってはどうかという提案だった。

すでに、蝦夷地を含む日本国の正確な地図の作成を間宮林蔵に作成させていることから、蝦夷地の開拓を進める人材育成も合わせて図るという意義もある。

さらに両名からは、その諸術調所の教授にふさわしい人物として、伊予大洲藩士武田斐三郎を登用したいと申し出ておる。武田は堀の蝦夷地巡視に同行し、その折にペリー箱館来訪で通訳の大任を果たしている。

この人選について、長崎奉行の意見を聞きたい」といった。

朝比奈は、

「武田は大坂の適塾で蘭学を学んでおります。また、江戸において佐久間象山書院に学び、同門である私も良く存じておりますが。『蘭学の儀は当時有数比類なく、且漢学にも長じ、志気慷慨、天稟非常の才器』と評される逸材であります。

軍事、航海術、医学、語学、測量学の西欧諸術に精通し、特に語学はオランダ語、英語、フランス語を修めております」

阿部は深く頷き、

「朝比奈殿も推挙するならば武田斐三郎を諸術調所の教授に任じよう」と応えた。

箱館諸術調所への留学

ここは富山前田藩。

前田利友が寛永六年（1853）十二月に亡くなり、十二代藩主の座には利友の若き弟である前田利声《としたか》が就いていた。

野宮周作が帰藩してから、すでに二回目の春を迎えていた。江戸からの知らせによると、幕府はアメリカと日米和親条約締結、長崎に加え下田および箱館を開港させて、アメリカの船に食料や水の補給、さらには漂流した乗組員の引渡しを行うことなどを定めた、という知らせが富山前田藩にもたらされた。

安政四年（1857）の秋、十九歳の若き君主の前田利声は、江戸から戻っていた次席家老の朝倉と井村幸正、野宮周作の三名を登城させた。

野宮周作は二十歳、井村幸正は二十三歳。華奢な野宮と筋骨たくましい井村は、性格も繊細と豪放と両極端だったが、同じ向学の志を鼓舞し合って過ごした二年で、終生の友情を誓いあう中になっていた。

利声は開口一番言った。

「再度黒船が現れ、戸惑う幕府にアメリカとの条約を結ばせたことは、そちらも存じておろう。また、外国の船が各地に現れているが、ここ富山にもいつ姿を見せるやも知れぬ。湾内の警備を急いでいるが、外国との対応を含めて、洋学に通じる人材の育成が急務である」と話を切り出した。

頼みにしていた江戸の佐久間書院塾は、二度目のペリー来訪の折、塾生の吉田松陰が黒船での密航を試みて失敗したことにより、その責任を問われて佐久間も松蔭も小伝馬町の牢獄に入れられていた。入塾願いどころではない。

「そこで思案していたところ、松前藩からの書状により、箱館奉行所に西洋の学問を若手の各藩士に教授する箱館諸術調所が開設されることを知ったと語った」。

朝倉ら三人が急な話の展開に目を丸くしていると、利声は得意げに頷《うなず》き、

「即刻、松前藩を通じて箱館諸術調所への若手の当藩士の入所を打診した。すると、二名であれば入門が許可されるとの返事があった」

朝倉は喜色満面で言った。

「それは吉報でございます。殿、おめでとうございます」

コラム　箱館諸術調所

諸術調所からは、明治時代に入り日本の発展に貢献する多くの人材が輩出したのである。これらとしては、郵便制度を創設した前島密をはじめ、初代の鉄道大臣井上勝、海軍大臣今井兼輔、蛯子末次郎大阪地方海員審判所長など、その後の日本の重鎮として活躍した多くの人材を輩出している。

また、閉校したとは知らず、数日違いで箱館を訪れた人がいる。この人が同志社大学の創設者である新島襄だ。新島はそれから米国留学をめざし、箱館より米国にむけ密出国に成功、ボストンで学問を究め、帰国している。

「一名は西洋医学、一名は航海学や軍事学を学ばせたい」

藩の軍事を西洋式に改革し、激動の時代に備えることは当時の諸藩にとっては、第一の責務だったが、富山藩の場合は、西洋医学の導入も重要な課題の一つであった。藩の主産業である製薬業を活性化させることに繋がる。

利声は若者たちに目をやり、

「両名を箱館諸術調所に入所させる。富山前田藩のために、しっかりと洋学を極めよ」

と主命を申し渡した。

野宮周作と井村幸正は、突然目の前に開かれた向学の道に、大きな使命感と共に平伏した。

北前船

北前船は三百石から千石まで大きさはまちまちだった。中には二千五百石積みのものもあったが遭難の危険を分散するため、千五百石前後が標準であったようだ。

船の大きさを表すものとしては、一枚二尺二寸の帆の保有枚数もあり、二十七枚から大きいもので三十三枚までがあった。ちなみに、高田屋嘉兵衛の辰悦丸は千五百石であった。

乗組員は船頭（船長）以下、知工《ちく》（事務長）、表《おもて》（航海士）、親仁《やせし》（舵取）、片長《かくおさ》（若頭）、水主（船員）、見習から成り、十三名から十六名が操船にあたっていた。

給料は年俸制で、瀬戸内海などの穏やかな水域を航行する船と変わらない水準であったが、北前船では積荷の一割を船頭荷として船頭が買い取りできるため、この利益で船頭が船主になることも可能な仕組みが出来ていた。

また、大坂沖の口役所で徴収される口銭が通常五歩五銭であるのに対し、船頭荷は二歩五銭と優遇されていた。

波の荒い日本海を航行する北前船は、しばしば遭難し、板子一枚下は地獄と言われている。この優遇策は、危険な職場に乗員をつなぎ止める工夫である。

北前船は、三月の大坂や北陸の各町から北海道をめざして船出し、冬の前に大坂などに戻って来る。春は東の風が吹き、秋は西の風が吹くためである。

また船員は、北陸の各地から、春の出港時期になると大坂を目指して集まってくる。道中に船乗りの宿があり、船乗りは金を持たず草履だけで大坂まで辿り着き、帰る時に宿賃を支払うのである。

北前船の船体は、冬を前に大坂では、木津川まで持って行き、陸に揚げて冬眠をさせる。これは海水に漬けたままでは船虫に食害されるので、これを防ぐためである。

北前船の積荷は大坂や北陸からは、米、酒、塩、木綿、衣料、雑貨、薬、井草、家具、調度品などの日用品が主であり、一方、蝦夷地からは、魚粉（肥料の干しイワシ）、身がきニシン、数の子、コンブ、アワビ、サケなどの魚介類が主に運ばれた。

さらに北前船の船主は、大坂のほか、能登、加賀、越中、越前のほか、江差の船問屋などが名を連ねている。

コラム

北前船の主な寄港地

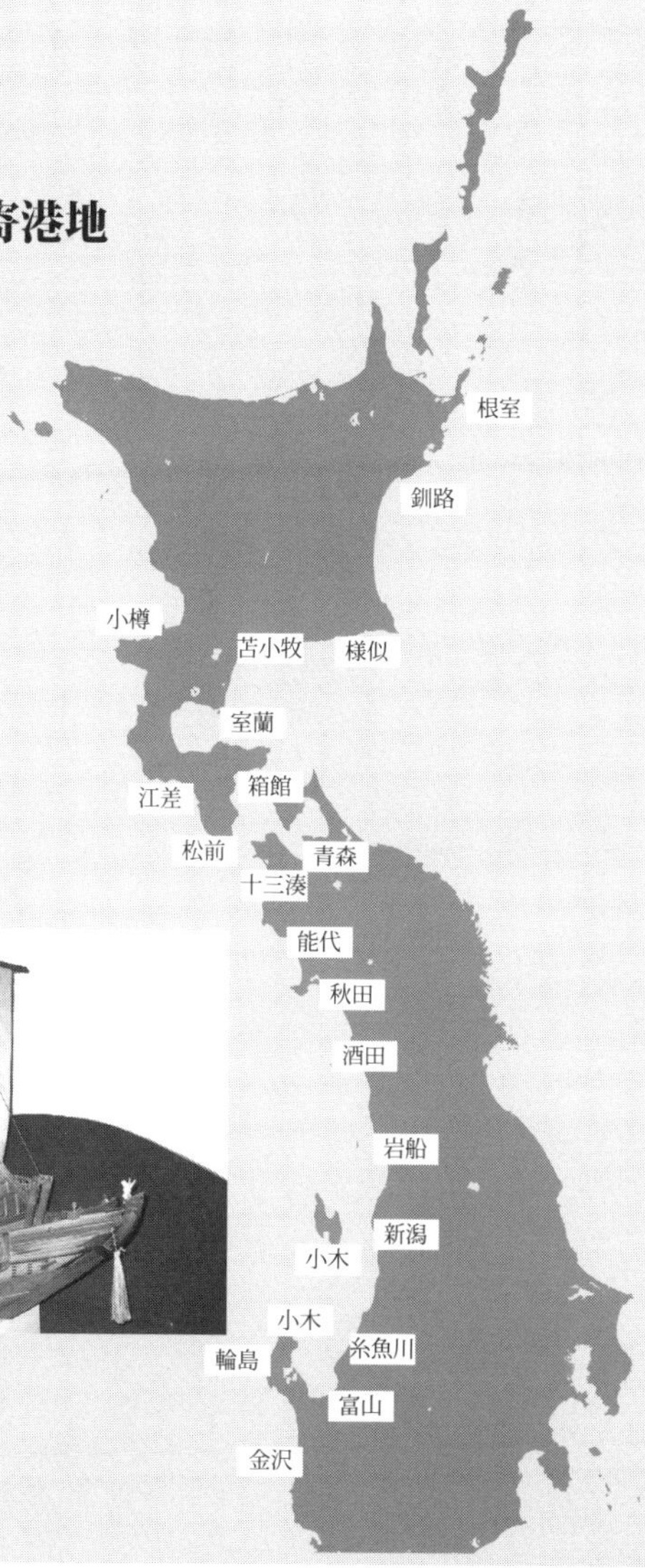

松前への旅立ち

富山前田藩の城下も雪解けとなる翌年の安政五年（１８５８）の三月。小春日和の港に、遥かな海を見渡す旅装束の野宮周作がいた。

傍らには同じく旅の支度を整えた井村幸正がいる。懐かしい故郷にしばしの別れを告げようと周作がふり返ると、まだ雪をかぶった立山連山が、青空の中くっきりと大きく迫って見えた。

藩の重臣をはじめ友人、家族が見送りに来て、二人の前途を祝し航海の安全を祈ってくれた。周作は出発に先立って八尾を訪れ、父とは別れを惜しんできていた。

次席家老の山田嘉膳《かぜん》は、この日だけでも何度目かの念押しを繰り返した。

「身体に気を付けよ。困ったことがあれば、松前藩の国家老である松前勘解由《かげゆ》殿に助けを求めるのだぞ。勘解由殿とわしは若い頃から旧知の間柄だ。

今回のお前たちの諸学術所入所についても、勘解由殿にはいたく世話になっている。お会いする折りがあれば、私がくれぐれもよろしく申していたと伝えてくれ」

富山前田藩と松前藩は、コンブと売薬の取引でも深い関係を持っている。そして、こうも繰り返した。

「よいな。殿のお言葉を忘れるでないぞ。お前たちに我が藩の将来がかかっている。箱館諸術調所では、くれぐれも他藩の者に学問で後れをとるな」

初めはかしこまって承っていた二人だが、さすがにうんざりしかけたころ、艀は接岸した。

ほっとした二人が乗り込もうとすると、山田嘉膳は周作の腕をとらえて、手に提げていた包みを押しつけた。

「餞別に赤巻きと昆布巻を持ってきた。ふるさとの味ともしばしの別れだ。船の中で味わうがよい」

赤巻きと昆布巻は、城下町のかまぼこ屋「女伝《おんなでん》」の人気商品だった。

沖で二人が乗り込んだ大寅丸は、大坂難波の豪商、大寅屋所有の北前船だった。大寅屋は松前藩の御用商人としても知られ、当然ながら富山前田藩とも繋がりがある。

大寅丸の船上では、船頭の大五郎が丁寧に頭を下げて二人を迎え、航海の日程を説明した。

この後、一昼夜をかけて、新潟島（幕府直轄地）は柳島港（湊）に向かい、そこで米を五百石ほど積む。これには四日から五日ほどかかる。その後、五日〜八日をかけて、庄内藩の酒田港と津軽藩の鰺ヶ沢に立ち寄り、荷と人を乗せ替えて目的地の松前に到着する。

「この間、約二十日から一ヶ月を要します。お二人とも船旅は初めてでしょう。最初は船酔いで苦労しますが、じきに慣れっことなるでしょうから、船旅を充分に楽しんでください」

そう言うと、大五郎は梯子を伝って二人を船室に当たる矢倉（船室）へ案内した。矢倉は帆を上げ降ろす轆轤《ろくろ》（帆柱）が天井と床を貫いている。

船頭の大五郎は二人に、

「その轆轤は動きますので、寄りかからないでください」と注意をし、また甲板に上がって行ったが、去り際に思い出したように二人に言った。

「新潟島からは高田屋篤太郎さんが乗り込んでいらっしゃいます。お二人にお引き合わせいたしましょう」

「篤太郎さんは、あの有名な高田屋嘉兵衛さんの四代目にあたります。ロシアのディアナ号事件後に帰国した嘉兵衛さんは、樺太に渡りロシアに囚われた後、故郷の都志本村（淡路島）

と箱館をいったり来たりし、その後、箱館で隠居され亡くなりました。

二代目の秀太郎さんになると、高田屋の船はロシアと密貿易をとしていると松前藩から幕府に告発され、欠所を命じられました。

このため、大坂や江戸にある財産を没収され、北前船など廻船業の商売は立ち切れとなりました。これは嘉兵衛さんが亡くなってから三年目の事です。

しかし、箱館の店は嘉兵衛の弟である金兵衛さんが引きうけ、いまでも広大な土地や財産があり、甥の篤太郎さんは時々本家筋である大坂を訪れるのです。

北前船で敦賀まで海路をとり、その後は北越街道を通られている。今回は途中の新潟に一足先に別の北前船で立ち寄り、旧知の大蔵屋さんを尋ねられていたのです。

上方から本拠地の箱館に戻られるので、大寅丸に乗り移られます」と二人に伝えた。

野宮周作は、

「高田屋嘉兵衛さんの四代目の方に会えるとは、大変うれしいですね」と率直な感想を漏らした。

通常、北前船など帆船は、陸から海の向かって吹く陸風を利用して出港するため、陸風の吹く夕方から夜に船出をするが、富山では冬の季節風が収まり、南西の風が吹きはじめる四月には、小春日和の昼中を選び出港する。

新潟・柳島湊と古町芸妓

大寅丸は、大きな時化に合うこともなく二日目の朝となる。風を受けて滑るように進む。片長《かくおさ》（若頭）が「佐渡島が見えたぞ」と大きな声で知らせた。

井村幸正、周作とも慣れない乗船から船酔いし、船底にへばりついたままであったが、片長の声を聞き船の船底から表に這い上がり、左手に大きく迫る佐渡島を眺めた。

大寅丸はその後、信濃川河口の新潟島沖に着き、碇を下ろした。新潟（島）は信濃川からの土砂が河口で堆積して出来た大きな中洲である。

その信濃川が、日本海への注ぎ口となる河口から一里ほど逆ったところに、新潟（島）の柳島港（湊）がある。

柳島は、新潟島を縦断している五葉堀が信濃川につながる出口のところに位置していることから、新潟島と信濃川、そして五葉掘の地形をうまく利用した天然の良港となっている。

新潟（島）からみて信濃川の対岸は広大な湿地帯となっており、河口には新しい干潟が広がることから、この地が「新潟」と呼ばれたのである。

佐渡島を見るために、二人が船室からよろめきふらつきながら、甲板に出てきたのを見て、船頭の大五郎や乗組員たちは、

「お侍なのに、だらしがないですね」と笑った。

大寅丸の到着を待っていた艀舟が幾隻も見えた。米蔵がある新潟島からこちらに向かって来る。大坂から積み込んだ雑貨や衣料などを受け取り、その後、松前まで運ぶ米俵を五百石積み込むのである。

大五郎は二人に、

「これから四日間をかけて荷の積み替えをします。この先の酒田や鯵ヶ沢の港では、荷下ろしは少なく、もっぱら人の乗り降りで、停泊する時間も短かくなります。

ここで骨休みしておいて下さい。天候や風向きによっては、数日遅れることはあります。

とりあえず、新潟の町の見物でもなされて下さい。遊郭はありませんが、美人揃いの芸者が大勢いますよ。柳島の船奉行所に、届けを出しておきます」と伝えた。

井村幸正は、

「隣の藩に暮らしていても新潟は初めてだ。四日間、羽を伸ばすか」と答えた。

野宮周作は、

「さっきまで、船底で動けず『何もする気力がない』と言っていたのに、陸《おか》に上がるとなると急に元気になる」とその現金さに笑いだした。

大五郎は二人と共に艀舟に乗り、奉行所がある柳島の河岸に向かった。河岸には、奉行所の与力と話をしているかっぷくの良い商人が遠望できた。

大五郎は指で示しながら、

「ほら、あの大柄の旦那が高田屋篤太郎さんです。岸に上がったらご紹介します」と説明した。

艀船を降りた三人を見た高田屋篤太郎は、

「大五郎さん、ご苦労さまです」と声をかけてきた。

「高田屋のご主人、お久しぶりです。大坂を船出する前に、わが主人の大寅屋より、篤太郎さんを新潟から松前までお連れするようにと、申し渡されております。

ここにいるお二人は、富山前田藩の井村幸正様と、野宮周作様です。箱館の諸術調所に入門されるご予定です」

「篤太郎です。富山前田藩のお殿様には、高田屋の先々代より、お世話になっております。船でご一緒するのも、金比羅様のお導きでしょう。

よろしければ、今晩は古町の料理屋で、一献ご招待いたしたく存じます」と申し出た。

大五郎は、

「それは良い、是非ともご一緒なされませ」と勧める。


柳島町には、網元や魚屋が集まる魚町もある。近くには湊稲荷神社、金比羅神社も二社があり、いずれも北前船など船の安全祈願を行っている。このうち、金比羅神社では難船の絵馬を奉納し、航海の無事を祈念している。

新潟の町は、南北東西にいくつもの水路が通り、その両側の道筋には柳が植えられ、風に吹かれて揺れている。水路には橋がかけられ、行き交う多くの人びとの渡る姿がある。

水路には、米などの荷物を載せた小船が往来し、それらの船頭達が水面に竿をさして船を進めている。

篤太郎は籠に乗り、井村幸正、野宮周作は、徒歩で宿《やど》が多くある礎町に向かった。

宿までは魅町、豊原町、新島町など、いずれも米蔵が建ち並ぶ道を信濃川沿いに通る。

高田屋篤太郎は、二人の宿である藤本旅館の前で、

「それでは戌の刻にまたお会いしましょう」といって別れた。

篤太郎の定宿は古町にある「山津屋」である。

新潟（島）には、柳島町が河口の五葉堀のほか、豊原町と新島町の間を南北に流れる新堀、東西に流れる東堀、西堀などいくつもの堀があり、それらが繋がって物資運搬に用いられている。

夕刻、井村幸正と野宮周作は古町の料理屋「菊屋」に向かった。

古町に近づくにつれ、幸正は、

「周作、気がついたか。通ってきた町名が雪町、月町、花町など風流で粋ではないか」

と頬を緩ませている。

「色町に近づくにつれ、なにやら心がワクワクと騒いできます。これも人生の勉学の旅ですよね」と周作は言いながら、華やいだ雰囲気に気持ちが高ぶった。

古町は、北側を流れる西堀と南側を流れる東堀に挟まれ、東側の鍛冶小路から西側の広小路までの五町からなっている。二人は、広小路に近い坂内小路の「菊屋」に到着した。

座敷には、床の間の絵を背に高田屋篤太郎、その次にもう一人の人物が二人を待っていた。

篤太郎は現れた二人を見て、

「どうぞ、お座りください」と入ってきた廊下側の並んで座った。

二人が座り、名を名乗り挨拶を終えると「こちらは大蔵屋庄衛門さんです」

と、もう一人の人物を彼らに紹介した。

「新潟柳島湊の廻船問屋には、大蔵屋さんと同じように魚町問屋であり網元でもある成田屋さんがいます。新潟（島）には、いくつもの廻船問屋がありますが、いまでは高田屋では北前船を持っておりませんが、昔から何かと大蔵屋さんと成田屋さんにお世話になっています」

と切り出した。

「当家はもともと新潟島の漁師です。それが網元となり、北前船が増えたころから、廻船問屋を手がけることになりました。いまでは網元より荷役商売のほうが本業になっています。ほかの廻船問屋さん達も、上大川通りに店を構えています」と大蔵屋は自己紹介をした。

大蔵屋は、漁師の血筋らしくガッチリとした体だが、顔立ちは大仏様のように物静かな中に鋭さがあり、何やら不思議な雰囲気を持っている。

篤太郎は、

「先ほど、お宿に行く途中にあった廻船問屋さんのお店があったでしょう。話は後にして、まずは、きれいどころを呼びましょう」と言って、ポンポンと手を打ち、芸妓衆を座敷に招いた。

現れた五人の芸子は、白地に赤、さらに赤や紫の地に銀の入った着物をまとい、錦が入った帯のいでたち。色彩やかで座敷は華やいだ。

「いらっしゃいませ、桃太郎です、藤間です」

「それでは、まず、ご挨拶がわりの市山流の踊りをご覧ください」

一人は太鼓、一人は三味線を持ち、一番若い芸妓が市山流の舞いを行った。

大きな鮭の切り身の塩焼き、さらに鰻の蒲焼、なますなどが一人前の膳に並べられている。

井村幸正は、正直に目を輝かせているが、質素倹約で育った野宮周作は、そわそわと目のやり場に困っていた。

新潟古町の芸妓は、京都祇園、江戸柳橋と並ぶほどの優雅な歌と踊り、鳴り物が自慢です。また、芸妓は新潟美人ばかりで新潟のなまり言葉が加わり、心を和ませてくれる。古町には多くの置屋があり、芸妓の総勢は三百余人を数えほど、隆盛を誇っている。

大蔵屋は、

「古町の芸妓を高めているのは、我々新潟の町衆です。古町の芸妓の芸は、北前船で栄えている新潟の力量を示すものであり、新潟町衆の宝なのです」と誇らしげに語った。

越後一の豪農伊沢家

翌日の朝、井村幸正と野宮周作は再び高田屋篤太郎と待ち合わせるため、柳島港に立っていた。

籠から降りた篤太郎は、

「ご両人、お待たせしました。今日は小船で信濃川をわたり、対岸の古湊から陸路で一里ほど歩きます。

そして、再び阿賀野川の岸から小船で一里半ほどさかのぼったところの、沢梅にある豪農の『伊沢家』に行きます。これも勉強ですから、私にお付き合いなさい」と話した。篤太郎は、昨夜の宴で若い二人がさらに気に入った。若いものを教育する気になっていた。

三人と大蔵屋の番頭の喜作を加え、小船に乗った。信濃川を渡る途中、右手には河口の中洲である万代島やその先に竜が島、松島などが見えている。古湊に着くと北前船に積み込む建築用の間瀬石などが数多く置かれていた。

篤太郎は待たせていた籠に乗り、その後を井村幸正と野宮周作、番頭の喜作が続いた。喜作は歩きながら二人に、

「信濃川から阿武隈川まで小船で行くことになるのですが、それでは、いくつかの沼を通り抜けるのですが、潮の満ち引きや、その日の川の流れや水量によっては、遠回りをしなくではならならず、手間取ってしまうことがあります。

そこで、今日はこの間の道中は歩くのです。この方が早いのですよ」と説明した。

周作が沼地に目を向けると、頭が赤い白い大きな鳥が空から舞い降りてきた。その美しさに見とれていると、番頭の喜作は、

「あれは朱鷺ですよ」と教えてくれた。

確かに湿地というか、沼や池が点在して木々は少ない。信濃川をわたり、一里ほど阿賀野川に行くと山木戸の辻（十字路）ところにさしかかった。

そこには、辻であることが分かるように、数本の大きな松の木が植えてある。

さらに進み、阿賀野川沿いの海老ヶ瀬に着く。ここにも川沿いにいくつもの米蔵が建ち並んでいる。阿賀野川の上流から小船で集められた米を集荷している。

四人は、川岸で待っていた屋形船風の小舟に乗り込む。二人の船頭は長い竿を操り、小船はゆっくりと川面を進んでいく。四月の川の土手には、まだ若い桜の木が植えられ、桜の花をちらほらと咲かせている。

暫く阿賀野川をさかのぼり、右手に米蔵と桟橋が見えてきた。ここが沢梅だ。

船を下り土手を越えると、すぐにお寺の建物が目に入ってくる。

その寺の隣が、めざす豪農の屋敷である。正門を通ると鬱蒼《うっそう》とした木々が現れ、その奥に内

門を構えた建物があり、この先に母屋となる建物がある。

伊沢家は沼地ばかりであった新潟の土地水路工事などにより灌がい工事を行い、豊かな水田を開墾し、越後随一の大富豪になったのである。

番頭の喜作は母屋の玄関に入ると、

「ごめんください。大旦那様はいらっしゃいますか」と大きな声を掛けた。

若い女中が広い土間の奥から現れ、

「どちら様でございましょうか」と返事をする。

「大蔵屋の番頭の喜作でございます。大坂から箱館のお客様ご一行をお連れしました。大旦那様にお伝えください」

暫くすると、母屋の奥から伊沢甚衛門が姿を現した。

伊沢甚衛門は小柄ながら、古希をすでに迎えている割には、しっかりとした歩き方をしている。

甚衛門は、

「喜作さん、おあがりくださいな」

「旦那様、今日は高田屋嘉兵衛さんの四代目である篤太郎様と、富山前田藩のお侍様をお連れしました」

高田屋篤太郎と井村幸正と野宮周作は、大きな池のある庭園に面した大広間に通された。

篤太郎は、廊下に立ち、

「立派なお庭ですね。さすが越後一の豪農と言われる甚衛門さんのお屋敷ですな。お庭の作り方は桃山式でしょうかね」とうなずきながら尋ねた。

甚衛門は答えを濁しながら、

「いやいや、世に聞こえた高田屋さんや庄内の本間様の足元にも及びません。ところで、聞くところによると高田屋さんでは、箱館にまだまだ沢山のお宝をお持ちとお聞きしております」と切り返した。

「わははぁ、そんなものはないですよ」と、こちらもごまかすような返事をした。

これを横で聞いていた井村は周作に小声で、

「金持ちというものは、いずれも本当のことは言わないものだな」と話した。

そして座敷では、床の間を背に井村幸正と野宮周作、庭を背に甚衛門、その迎えに嘉助とその下側に大蔵屋番頭の喜作が座った。

「私どもは幕府の欠所のお達しにより、今は商売をしてはいけないので、こうして物見遊山の有様です。先代や先々代がお世話になった方々を訪ね、ご挨拶をさせていただいています。今回は丁度、箱館に向かわれる井村様と野宮様に同道をお願いし、伺った次第です」

甚衛門は、

「何もございませんが、丁度、屋敷の中の桜も見ごろとなっております。ゆっくりと過ごされてください」

一行は、その後、屋敷内にいくつもある蔵の一つに案内された。甚衛門は、

「米蔵は、阿賀野側沿いに設けております。

屋敷までいちいち米俵を運ぶ手間がかかりますので、ここは帳簿や家財道具を入れておりますが、先祖が米を大坂まで北前船で運んだ帰りに買い求めた品々があります。

どれほどの値打ちがあるか、私どもには分りませんので高田屋さん、いくつかの品物を是非とも目利きをして行ってください」

篤太郎は、

「私には昔の皿やギヤマンの品定めはできません。目の保養として、見させていただきます」

とさらりと返した。

蔵から戻ると大広間には、昼食と酒が用意されていた。甚衛門は、

「何もございませんが、お酒は長岡藩朝日村のものです。ゆっくりお召し上がってください」

喜作は、

「長岡藩では、牧野のお殿様も朝日村のご酒を好んで飲まれていると聞き及んでおります。確か『越山』とお殿様が命名されたと聞いております。

主人より、柳島湊（港）の傍に数軒の魚屋があり、そこで作っている蒲鉾を持参するように言われおります。土産の他にも、道中で食べる蒲鉾も持参しております」と蒲鉾を差し出した。

浪人の賊の襲来

日が傾き始めた頃、一行は井沢家を後に再び阿賀野川の小船に乗り、今度は川を下り、乗り継ぎ地点である海老が瀬で船を降りた。

信濃川の渡し場までは、高田屋篤太郎が待たせていた籠に乗り、ほかの三人は徒歩である。

途中、あの大きな木が三本立っている「山木戸が辻」に差し掛かると、大きな松の木の影に潜んでいた浪人風の侍五人が待ち構えていた。

先を行く高田屋が乗る籠を浪人達がぐるりと囲み、そのうちの一人が、

「乗っているのは高田屋だな。金を持っているのは、分かっている。命が惜しければ懐の物を置いていけ」と口上した。

そこに、後ろを歩いていた井村幸正と野宮周作も、腰の刀の手抜き前に出た。五人の浪人と二人が向き合う形となった。

賊の頭は、

「用心棒か、まとめてやってしまえ」といった。井村は素早く刀の刃を裏返し構えたとたん、向き合う右から二人の浪人の一人が、井村に切りかかってきた。

井村はその浪人を跳ね返し、すかさず逆に切りかかる。浪人の刀のツバに刀を当て、さらに眉間の上を打ったのである（いわゆる剣道の小手、面である）。打たれた浪人は刀を落とし、眉間上部の頭に手をあてうずくまっている。

井村は、浪人達の後ろに立つ位置となった。今度は一番右にいる浪人に袈裟がけで切りかか

ると、浪人は首から肩に鈍い音を放ち、倒れた。

その様を見た真ん中にいた浪人がひるむと、さらに井村は右上段に構えた刀で、浪人に切りかかる。野宮周作は籠の前には出たものの、刀を抜き構えてはいたが、体は固まったままとなっていた。

カチン〜と刀がぶつかる音がした後、その浪人の腹に井村の刀があたり、三人目の浪人は、うずくまっている。勿論、三人ともみね打ちである。これを見ていた残りの二人の浪人は、後ずさりして逃げた。

三人を打ち倒された賊は、正幸の剣の強さを知り逃げていった。

そこで、木の後ろの隠れていた番頭の喜作は、地面にちらばった浪人達の三本の刀を拾い、彼らをほんの少し追いかけて、

「お忘れものですよ」と刀を放り投げた。

すると、手傷をおった一人の浪人は、刀を拾って立ち去っていった。

籠から降りてきた高田屋は、

「井村様は剣が、お強いですね」と感嘆する。

周作は、剣を振るしぐさをして、

「こちらの方は、空きしダメなんです」と言い訳をする。

「人それぞれですからね……」と番頭の喜作は呆れ顔で口を大きく開け、周作の顔を見た。

「このところ、新潟にもあのような浪人の方が多くみらます。

黒船以来、開国と佐幕の争いから諸藩を脱藩し浪人となるお侍が多くなり、食い詰めたあげくに、狼藉を働くのです」と喜作がいう。

井村幸正と野宮周作は、信濃川を渡り新潟港近くの宿に戻った。

翌日、高田屋と二人は、夕方に大寅丸に再び乗り込み、寄港地である酒田、能代を経て、松前をめざした。

松前をめざす

北前船は、天候が安定している夏の時期は、日本海の沖合の航路を直線で松前を目指すが、春先や冬に近い秋など、天候が変化する時期は日本海の沿岸の港に沿って進む。

四月中旬の大寅丸の航海は時により、大きな波やうねりとなる中、時間を掛けての航海となった。

十日後、大寅丸は無事松前港に到着した。

松前に近づく船上からは、二年前に新たに築城したばかりの美しい福山城（松前城）が目の前に現れた。

新しい松前福山城は三年前の安政元年（1854）に三年の歳月と二十万両をかけて建てられたばかりだという。三重の天守閣が、太陽の光に反射して輝いている。

井村は、

「とても美しいお城だ。しかし、これだけ海の近くにあると、異国の船に砲撃されたら、アッという間にやられてしまう」

と周作に漏らした。

松前港には、多くの大小の北前船や近海を航行する百から

「松前福山城」

二百石の小廻船が停泊し、いかにも大きな港であることがうかがえた。

松前湊は長い砂地の海岸沖にいくつもの杭が海中に打ってある。この杭に大寅丸の舳先と艫から綱を結び船が係留される。

これを見て海岸から何艘もの小船が大寅丸に横付け、人足が手馴れた作業で、船から次々に荷物を小船に積み替える。


井村幸正、野宮周作、高田屋も小船に乗換え、海岸の桟橋に到着する。

井村幸正ら二人は、岸壁に立ち、高田屋に向かい、

「道中いろいろお世話になりました。

また、箱館でお会いするでしょうが、その時はよろしくお願いします」

高田屋は、

「今回は江差の中村屋さんに用事があり、船を乗り換えて江差に向かいますが、その後は箱館におりますので、お越しください。新潟で賊に襲われ、助けていただき、お世話になったのは私のほうです。ありがとうございます」と礼を述べた。

沖の口番屋

井村幸正と野宮周作は、海岸の目の前にある沖の口番屋に向かい、下船したことを届け出る。船奉行所の入口の壁には、不法上陸をした者を取り押さえる内側がギザギザとなっている黒い刺股《さす》や突棒、袖がらみなどの捕り物の道具が数本、立てかけてある。

沖の口番屋では、入船し上陸した者をすべて届けさせる。そして町人であれば、腕をめくり前科者であるかどうか、刀傷はないかの取調べを行う。

もしも前科者や刀傷があれば、上陸は許可されず、そのまま乗ってきた北前船か、次の船で戻され送還される。さらに入国（上陸）は身元保証人がないと許されない。

また、旅芸人、俳句師、僧侶などの入国を特に用心し、入国は許されず、所払いとして同様に次の北前船に乗せられる。

これは松前藩が、幕府の隠密に神経を尖らせていたためのである。蝦夷におけるアイヌの人々からの交易による松前藩の独占による利権が幕府に知られることを特に恐れていたのである。

松前藩港である沖の口番屋の玄関では、到着した北前船からの荷物に税役（税金）を収める船問屋や小宿の商人の姿が見られる。

そして、沖の口番屋に入ると吟味役与力の半澤良之慎が、白洲（砂）の座敷奥にある右側の机に座っており、二人の対応をした。

通常、白洲座敷の正面の机は、奉行が座るのであるが、その時は与力の半澤だけが座っていた。

半澤は三十代半ばの年頃で背が高く、色白で穏やかな顔つきが特徴であった。外部から松前にやってくる輩《やから》を厳しく詮議する役まわりにしては、やや穏やか過ぎる感じの与力であった。

二人は姓名を名乗った。

「箱館諸術調所に入門をする両名はあなた達ですか。遠路ご苦労である。ご両人のことは、当藩のご家老の松前勘解由様から聞いており、承知しています。しっかり勉学に励んでください」と半澤は言った。

井村は、

「箱館諸術調所の入門にあたっては、松前勘解由様のお骨折りをいただき、ありがとうございます。これは手前どもの次席家老である山田嘉膳から、松前勘解由様へのお礼の書状です。

ご家老さまにお渡し下さい」と申し述べた。

「確かにお預かりする。遠路はるばる蝦夷地まで、慣れない長い船旅で疲れたでしょう」

と半澤は二人をねぎらった。


松前は、長い海岸の全面に福山という小高い丘があり、ここに松前城（福山城）がそびえ建っている。お城と海岸のあいだの平地に民家がぎっしり軒を並べて、いずれも立派な構えで建っている。それらは商家や廻船問屋、髪結床などさまざまなである。

松前の町は、海岸からほんの少し上陸しただけで、江戸の神田や日本橋の長屋や屋敷風の街並が忽然と現れるのである。

「突然、大きな福山城と下町が海のすぐ目の前にあり、とても仰天しました」と周作が話す。

半澤は、

「町は商店と長屋などの住居の区分けがあまりなく、勝手きままに家を建てた町並で大きくなっています。

以前は、侍、家臣の家も町民と混在していたのですが、今は家臣と町人の住まいを区別するように、藩では少し城側に寄った高台に家臣の役宅を移しています」

「それにしても大きな城下町ですが、何人が住んでいるのですか」と井村が尋ねた。

「松前の城下町には一万人以上が住んでおり、以前は八千軒の家があり、三万人が暮らしていたこともある。また、ここには和人だけが暮らしているのです」

周作は、

「アイヌの人は住まわせないのですか」と尋ねた。

「アイヌは、和人の地域である城下には住めないお定めです。

ここでは春から秋まで北前船が訪れる時期は交易の商人で溢れるが、十一月から翌年の二月までの北前船の来ない時はいたって静かになるのですよ」と半澤は説明した。

松前藩と松前という町

半澤に挨拶を終え、沖の口番屋を後にした二人は、目の前の城下町に入り、宿を探した。

町には商人宿がいくつもある。二人は沖の口より右手に福山城を見ながら、大通りを北にしばらく行ったところにいくつかの宿があるという。蝦夷屋、丹波屋、三浦屋などがあると知らされていた。このうち越後屋に二人はとう留した。

宿の座敷で、荷物を解きながら周作は、

「城下町というよりは、大坂の難波や堺あたりの商人の町といった感じがする」

と井村に話しかけた。

井村は、

「この藩は、蝦夷のアイヌの人々との交易で成り立っている。だから商人の町、松前藩自体が商いを生業としているというわけだ。しかし、時折、悪徳商人の不当なやり方にアイヌの人々が怒り、一揆が起こる」

周作は、

「江戸藩邸に詰めている時に蝦夷地に関心を持ち、幕府お抱えの松浦武四郎という人が書いた『秘めおくべし』という本を読んだことがあります。

老中・徳川斉昭様により幕府お抱えとなり、幕府の仕事として蝦夷地を何度も見聞した書物の一つです。

この本は、松前藩の蝦夷地におけるアイヌの人への扱い方や政治のやり方、役税の取り立ての仕方、お役人の袖の下等を、厳しく批判した内容です。

このため、松前藩からは相当に恨みを買った。そして、松浦武四郎を亡き者にしようと、松前藩士の草間党という刺客を送るといううわさが流れたほどだ。

そこで松浦武四郎は、どこかの藩の馬小屋に隠れて侘しい生活をしていたらしいです」

「松浦武四郎は幕府の隠密ではなく、幕府お抱えのお調べ役として『秘めおくべし』を著したわけだ。

まあ、松前の城下町に着いたばかりで、あまり松前藩の悪口をいうと恨みを受けることになるので、これぐらいにしておこう」

と井村は小声で応えた。

「我々の諸術調所への入門も、松前藩の口聞きのお陰で恩人ですからね」

周作は福山城に向きながら手を合わせ、話を終えた。

（この『秘めおくべし』を著した松浦武四郎は、後に蝦夷、その後の開発に尽力し、蝦夷地を『北海道』と命名した人でもある）。

二度の領地召し上げ

二人の宿泊部屋に宿の主人が現れ、

「恐れ入りますが、宿帳に記帳をお願いします」と声を掛けて主人は襖を開けた。

井村は、

「ご主人、ここに来るまで歩きながら商店を見たが、人があまりいない様子だ。ひっそりしているな」と尋ねた。

主人は、

「蝦夷地の所領が再び幕府にお取り上げされたため、蝦夷の各地からの物産が集まらなくなり、松前城下の商売は上がったりなのですよ。

うちの宿も閑古鳥が鳴いている有様で、困ったものです。

所領の召し上げについて、松前藩のお殿様は、幕府へ返還の訴えを行わないよう家臣に自重を促しておられます。しかし、蝦夷地の商人達は収まらず、江戸の老中の方に駕籠訴《かごそ》を決行しようという話もあるそうですよ」

「駕籠訴は大罪、そんなことをしたら死罪となる」と井村が返した。

「蝦夷地の商人や民は、大変困っているのでございますよ」と渋い顔でうなずいた。

周作は、

「蝦夷地の松前藩所領を召し上げ、幕府の二度目の直轄となったのですね」

主人は、

「一回目は、いまから五十年前の文化四年（1807）です。第九藩主松前道広様は、日頃の傍若無人な振る舞いが幕府に知れるところとなり、幕府は道広様を隠居としたほか、福島（東北地方の福島県）の梁川《やながわ》に国替えを命じられたのです」

「殿様は、どんなことをしたのだ」と井村が突込む。

「何しろ派手好きな性格で吉原通いのあげく、遊女を妾《めかけ》に身受けをするなど、大変な浪費家だったそうです。

一方で国元は飢饉や災害が起こるなどで財政が逼迫、大坂商人からの借金も膨れ、これら商人らから幕府に訴えが多く寄せられました。このため、九千石の小藩に降格、梁川に国替えされたのですよ」

「でも、再び元通りになってたではないか」と井村が問いかけると主人は続けて、

「国替え後、松前藩は蝦夷地への復帰を幕府に願い出て、いろいろと工作され、老中首座の水野出羽守忠成《ただあきら》様へ働きかけをしたのです」

この時、宿の主人は、懐に手を入れて、賄賂攻勢をしたそぶりをして見せた。

そして、

「これが成功して、文政四年（1821）、蝦夷地への復帰を実現させたのでございます。松前藩の家臣の方々は、お金がない中でわが身を細くして、工作資金を捻出され大変苦労されたようです」と宿の主人が続けた。

周作は、

「遊び人の殿様がいると、ご家来衆は大変苦労をするということだなあ。

しかし、今回の所領召し上げは、お殿様が悪いわけではなく、外国の備えに対するもので、蝦夷の商人商いとは関係のない別の話だ。

いずれ何か上手い方法で落ち着く方策を取らないと、蝦夷の商人も困るだろうし、アイヌの

人々にも生活物資が不足していようですね」と話を結んだ。

その後、松前の商人達は決死の老中駕籠訴を三度行った。その数は二百六十人にも及んだ。

この結果、幕府は蝦夷地の警護を任されている奥州六藩と協議し、蝦夷地の産物は松前に集積し商いを行うことになり、一件は落着したという。

「殿様街道」で箱館へ

翌朝、二人は箱館に向かった。松前から箱館までは二十七里ある。この間の街道は、当時の蝦夷地において幹線道路というべきもので、松前藩の殿様もしばしばこの街道を通ったことから「殿様街道」といわれている。

海岸沿いの道を進む。大沢、荒谷の集落を抜けて、しばらくすると知内峰に差し掛かると、茶屋峠を超える。この近くにはブナの大木《たいぼく》が生えており、昔から街道を通る人々の目印となっていた。

さらにこれを福島川に沿って下ると、津軽海峡の向こう側に竜飛岬を見ることができた。ここから箱館までは、十数里ほどの距離がある。途中の漁村である木古内《きこない》で一泊し、次の日は日の出と共に出立し、海岸沿いの街道を歩む。

木古内村は、安政二年（１８５５）に幕府が建有川以東を直轄地としたことから、箱館奉行所の所管地となっており、開墾を進める疎開取扱が始まり、徐々に人の数も増え始めていた。漁村の集落が点々と続き、さらに途中の宿場の村で一泊する。そこからは、右に緩やかに湾曲した箱館湾の向こうに低い霞の合間に箱館山が見える。

三日目の夕刻、箱館に着くことができた。

当時の箱館は、港と奉行所を中心に町が作られており、箱館山の麓に広がる町筋は、入船町、弁天町、元町、弥生町、船見町、大町、末広町などからなっており、いずれも港に向かった坂道と繋がっている。

この中には船見坂など、北前船が入船、出船をする様子を坂の上から見届ける場所がある。ちなみに高田屋の大店は、以前に大町にあった。

諸術調所入門と塾頭

二人は直ちに、箱館山の麓にある御殿坂の西脇にある箱館諸術調所「綜覈館《そうろくかん》」に向かい、武田斐三郎教授に面会し入門を願い出た。

箱館諸術調所は、ペリー来訪後、西洋列強が日本を脅かすことから北の守りを強化する一助となる人材育成をめざし、幕府によって安政三年（１８５６）に開設された。

教授の武田斐《あや》三郎は、伊予大洲藩藩士で、大坂は船場町にある尾形洪庵の蘭学塾である適塾で学び、医学、航海術、軍事学などを幅広く教える。また、和蘭語ばかりではなく、フランス語、英語、ロシア語にも精通していた。

適塾では尾形洪庵のもと、大村益次郎、大鳥圭介、福沢諭吉など数多くが、寝食を共にし勉学に励んだ。適塾の名前の由来は、尾形洪庵が適々斎を名乗っていたことから、適々塾と呼ばれ、それが適塾になったといわれている。諸術調所は綜覈館《そうろくかん》と称した。

綜覈館の由来は、綜覈とは総合的に学問を学ぶことを指している。

さて、綜㶊館は、斐三郎の役宅の隣家を買取りさらに増築されていた。

二人は諸術調所の奥座敷に通された。暫く待たされてから、館長の武田斐三郎が現れた。

井村は周作と共に武田の前に正座し、

「このたび入門のお許しをいただき、まかりこしました。よろしくお願いいたします。

今回、初めてご挨拶いたしますが、実はペリー提督が浦賀沖に来訪の折、佐久間象山先生がご一門と共に黒船を見聞されているのを、近くの場所から富山前田藩の重役と共にお姿を遠くから拝察していました。

先生は、その時に見聞されたことを『三浦見聞記』として著されており、藩ではこれを取り寄せております」と挨拶として話した。

武田は、

「そうでしたか。まずは無事に到着し安心した。すでに富山前田藩への書状には二人の入門を許している。藩主前田様からは、井村君には航海術と軍事、野宮君には医術を学ぶようにとの藩侯命が出されている。

藩主の前田様のご意向に沿ってしっかりと勉学し、大きく動く時代にあって、藩侯のお役に立ってほしい。さらには、これからの日本のために尽くしてほしい」と訓示した。

傍に控えていた、年長の塾生で塾頭である齋藤誠一朗は二人に、

「ここでは、原書生、訳書生との二部に分かれています。両君は原書生として勉強をしてもらう。最初は蘭学の基礎から始まり、それぞれの専門書を訳しながら、それぞれの学問の体系を理解するように。また、月に数回の読み合わせを行い、さらに仏語やロシア語も合わせて解読できるようにします」と学問の進め方を示した。

「当諸術調所では、実学にも力を入れており、井村君は箱館丸や亀田丸に乗船し、練習航海にあたる。

また、野宮君は船に乗るが、その前に、しばらくは原書をしっかり勉強してもらう。その後、訳書と合わせた実学として、箱館の町から少し離れたところにある、私の知り合いである町医者の金井良庵先生のところに、手伝いに通ってもらうことになるでしょう。両君ともそのつもりでいてほしい」と話した。

話が終ると齋藤は、二人を廊下でつながっている隣の宿舎の建物に案内した。齋藤は福井藩の出身で、諸術調所の開所当時からの塾生である。武田斐三郎にとって、この一番弟子とも言

うべき齋藤を重宝し、いわば助手としての役目を担っている。

後で知ったことだが、齋藤の父親は高名な国学者であるという。国学者の息子が蘭学を習うというのも時代の移り変わりであろう。

齋藤は航海術と合わせて、特に蝦夷地の漁業についても関心が高く、西洋の漁具や漁法学、さらには魚や蟹についての学問についても熱心に学んでいた。

その他の塾生では、蛯子、井上、前島ら他の塾生が紹介された。

この建物は、塾生らが食事をする大広間と、塾生達が寝泊まりをする大部屋が幾つかある。一つの大部屋は八畳から十畳ほどで、ここに四人～五人ほどが寝泊まりをする。

武田斐三郎が学んだ適塾は、一人一畳半が割当てられていたというが、ここは一人二畳となっており、大坂の下町の適塾では一人一畳の割り当てであったが、ここではかなりのゆとりがある。また、適塾の塾生達の寝床は二階であったが、ここでは教学所と廊下で結ばれた一階である。

齋藤は、背が高く、彫りの深い凛々しい顔立ちをしている。

「君たちは、この真ん中の部屋だ。すでに二人が寝泊まりをしているが、皆、まじめな諸君ばかりだ。暫くすれば、すぐに慣れる」

野宮周作は、

「この塾の先生は、武田先生の他もおられますでしょうか」と尋ねた。

齋藤は、

「先生は、基本的に武田先生お一人だ」

「助手とか、助教授はおられないのですか」

「教授は先生お一人だが、ただし測量の技師の講師は、幕府がアメリカに教師派遣を願い出ていると聞いている」と、念を押すように答えた。

井村は、

「塾生は何名いるのですか」

「今は三十余名だ」と答えた。

諸術調所の生活は朝、卯の刻に起床、各自の部屋の掃除と、分担して諸術調所の各部屋の掃除に始まり、賄いが用意した朝食事を済ませ、辰の刻から各自、原書に向かい翻訳を行う、辞書でも判らない箇所は、武田斐三郎教授に教えを請うというものであった。

一ケ月の二度ほど原書と解読した内容との読み合わせを行い、それぞれについて各自が点数を付けるが、勉強が不十分な場合は武田より叱責をうけることもあった。

箱館諸術調所の寄宿では、夕食についても朝食同様に賄いにより用意されていた。

これを日々繰り返し、語学、測量、航海、造船、砲術、築城、化学、医学の幅広い分野を学習するものであった。

また合わせて武田斐三郎から基礎となる高等数学や専門分野の講義も行われたほか、専門知識を持つ教師が数名いた。

その後、箱館諸術調所には、文久二年（１８６２）には幕府から招かれたアメリカの地質学者ブレークやパンペリーの二人を講師として、採鉱や冶金法、採鉱法、熔鉱法、分析法の講義も行われた。

綜覈館《そうろくかん》の建物の中で最も重要なのが、原書を収めた書棚のある部屋だ。書生達は毎日、原書を出し入れしていたのである。

また、講義は武田斐三郎が行い、医学の講義は、奉行所の御雇医師である栗本鋤雲などが行うというものであった。

栗本鋤雲《くりもとじゅうん》と箱館医学校

このうち、文久元年（1861）には、栗本鋤雲の尽力により、箱館医学校兼病院の医学所が建てられた。

栗本鋤雲は、幕府の奥詰医師から蝦夷地を願い出て、これが叶い箱館に赴任した。着任後、遊女屋の近くに小屋を建てて遊女の梅毒治療にあたっていたが、その時の遊女屋からの礼金は百両ほど貯まっていた。また、箱館の町医者達から医学の講義を頼まれたことから、病院兼医学所の建設を呼びかけたのが始まりである。

特に町医師達が計画を進める頃、同時にロシア領事館から、市民のための病院を寄贈したいとのウワサがたったことから、こちらの病院の建設が急いで行われた。

奉行である堀利熙が江戸に交代の帰還をするというので一度、急ぎ建設を行ったところ、出来上がる前に嵐がやって来て、建設途中で崩壊してしまい。改めて着工したものだった。

完成した建物は、西洋式の二階建で玄関、診察室、調薬室、講堂に男女の病棟と西洋式の本格的なものであった。

箱館の町には遊女屋が多く、遊女達の梅毒治療に町医者があたっていたことから、栗本の助言に従い、遊女の治療と貧しい町衆のための病院で奉行所、商人、町医者らがお金を出し合い二千両の建設費を賄い建てられたのが箱館医学所だ。

集めた金が足りなくて、不足分は遊女達の治療代の前払いとして、遊女屋が貯めてあった治療の積み立金が使われたという話が伝わっている。

場所は、遊女屋が多くある山の上町である。この病院には、町医者が輪番で治療や当直を行っていたが、治療はこれまでの漢方中心の治療が行われていた。

周作自身も栗本鋤雲の講義をこの箱館医学所でも受けていた。

高田屋篤太郎の屋敷

二人が箱館に来てから一ケ月が過ぎる頃、箱館山と麓の箱館の町は、桜も終わり、青葉が芽吹く季節を迎えた。しかし、野宮周作は医学書、井村幸正は航海・造船・砲術・軍事の原書をむさぼるように解読する毎日が続き、勉学にいそしんだ。

ほかの蘭学塾でも同様だが、諸術調調所でも朝の塾生は皆忙しい。

起床し、布団を片づけた後、井戸に洗顔やひげ剃りの順番を待つ。部屋の掃除の後も朝食の順番を待つ。そして厠も順番となり、毎朝、自然と年齢や入門の古い順の序列に従い、行われている。こうした日々が繰り替えされるのである。

そして箱館に来て三ヶ月目、お盆が近づき少し暑い夏の日の午後、北前船で一緒だった高田屋篤太郎が、井村正幸と野宮周作を尋ね諸術調所に現れた。

周作は篤太郎が来たことを知らされ、玄関まで出向くと、

「野宮様、お久しぶりです。その折はお世話になりました」

と賊に襲われ、斬り合いのしぐさをしてみせた。

「高田屋さん、お久ぶりです。新潟では、大変お世話になりました。

それはともかく、今日はいかがなさいましたか」と尋ねた。

「奉行所に用事があり、ついでにお二人のお顔を拝見したく、まかりこしました」

そこに井村も顔を出し、

「篤太郎さん、お元気でしたか。暑い中、御殿坂を登ってくるのも大変だったでしょう」と声をかける。

「これは昨日、到着した北前船から貰ったばかりの鯨肉の塩漬けです。武田先生をはじめ塾生の皆さんで召し上がってください」

と大きな木の樽を二つほど差し出した。

「ありがとう、ございます」

篤太郎は、

「今日は武田先生のご了解を得て、お二人を私の自宅にお連れしたいと思っております。よろしければ、ご同行いただきませんか」

コラム　高田屋嘉兵衛

高田屋嘉兵衛　　明和6年～文政10年（1769年～1827年）
淡路島生れで箱館で富を築いた商人。本書では、高田屋四代目の篤太郎が登場するが、この初代にあたるのが嘉兵衛で、ともに実在の人物である。実際に嘉兵衛は、北前船交易で松前藩や同業の近江商人と対峙されて描かれ、そこには箱館の町づくりに貢献し、択捉航路の発見や北方漁場の開拓など、蝦夷地（北海道）経営で「高田屋」の繁栄を確固たるものにした。同時に一部利益を社会還元する経営手法は、更なる箱館の発展を生み、逆に松前の衰退をまねく皮肉な歴史を残す。

著者があとがきで、七代目「高田屋」との関係をエピソードとして掲載しているのも興味深い。

篤太郎は外に待たせてある籠に乗り、支度をした二人を伴い、半里離れた篤太郎の邸宅に向かった。

篤太郎は、

「お二人とも歩いておいでになり暑いでしょう。向こうでゆっくりとお風呂に入り、汗を流してください」と二人に声を掛けた。

周作は、

「毎日、原書とにらめっこと解読ばかりなので、息抜きができます」と返した。

篤太郎の家は、高い塀に囲まれた広大な敷地である。闕所（欠所）をうけたことから表向きは質素ではあるが、中に入ると至るところに豪華な細工が見られる。

庭は新潟の伊沢家と同じような大きな池と職人の手が加えられて、木々が植えられていた。

二人を前に篤太郎は、

「お風呂を用意してありますから、まずはお入り下さい」

井村が、

「わざわざお風呂を立てていただいたのですか。ありがとうございます」

「いや、湯の川より温泉を引いているので、毎日、好きな時にお風呂に入れるのですよ」

周作は、

「えっ、温泉を引いているのですか。湯の川からここまでは半里以上ありますよ。

さすが高田屋さんは今でもとても大きなことをなさるのですね」と目を丸くした。

「最初は一月に二〜三回ほど湯の川に出かけて、温泉に入っていたのですが、そのうち回数が多くなり、いちいち行くのが面倒くさくなり、いっそのこと温泉を引いてはと、知り合いの大工の棟梁が言うので、数年前に温泉をここまで持ってきました。ウハハハ……」

「さすがに高田屋さんだ。やることが大きい、恐れいりました」と井村。

「見てください。庭の右側、木の影に小さな池があるでしょう。実はあれが露天風呂です。その奥が内風呂となっています。どうぞゆっくりされて下さい。

そうそう、私が温泉を引いている事は、ほかの綜覈館《そうろくかん》の皆さんには、内緒にしておいて下さいね。世間が何かとうるさいのでね……」

二人はお風呂から出て、浴衣に着替え、夕食のお膳が並んだ広間に座る。

いまも続く御大臣の高田屋

井村は、

「篤太郎さん、船の中で話しをされていましたね。高田屋さんにとっては松前藩には遺恨があると」

「松前藩は高田屋嘉兵衛が亡くなった後、幕府に高田屋がロシアと密約をしていると訴えましてね。

そのため、高田屋は欠所となり、財産は幕府に没収されたしまった」

「どうして松前藩はそのようなことをしたのですか」と周作は尋ねた。

篤太郎は、これは推測の話だと前置きして、

「松前の北前船を持つ豪商の多くは、近江商人なのです。

近江商人の北前船は、蝦夷から敦賀まで荷を運び、その後、陸路で近江まで運べば後は、琵琶湖で船に乗せ、大坂まで淀川を使い水路で運搬している。

この近江商人との商いのお陰で、松前藩は蝦夷地からの莫大な利益を得ていることはご承知の通りです。藩主の御用船は当然、近江商人の北前船です。

これに対して、高田屋嘉兵衛は箱館を拠点に太平洋の航路を開拓し、江戸まで一気に蝦夷の産品を運んだことから、急激に御店《おたな》を拡大していったのです」

周作は、

「高田屋嘉兵衛が商売を大きく広げた時期は、幕府が最初に蝦夷地を直轄地とした頃の時代ですよね。松前を拠点にとした近江商人にとって高田屋嘉兵衛は、正に商売仇であり、目の上のたんこぶだったのでしょうね。

蝦夷地が再び松前藩に戻り、以前のように松前藩と近江商人が一体となって、前と同じような商売と利益を戻すためには、高田屋さんを潰す必要があったのでしょう。このための策略をめぐらしたのでしょう。

そこでロシアとの密貿易をしていると幕府に告げ口をして、高田屋さんを封じ込めた。それで蝦夷物産の商いを再び独占できたというわけですか」と周作はうなずいた。

篤太郎は、

「没収された財産は、米は十九万八千石、お金は千八百万両、千石船が四百五十隻だと記帳されています。まあ、幕府にとっては莫大な臨時収入が入り、笑いが止まらなかったでしょうね」

「しかし篤太郎さんは、今でもお金持ちのお大臣ですよね」

「そこは困らないように、いろいろ手だてを打ったのですよ。特に箱館周辺の土地（不動産）は、ほとんど残っていますからね。だから今でも私は気楽な暮らしをさせていただいています」

と笑って応えた。

「底知れない商人の底力があるのだ」を垣間見た周作であった。

不良外国船員の取締まり

箱館の秋の訪れは早い。木々がまたたく間に色づき、これと共に北前船で活気づいていた港に吹く風は、日に日に冷たくなり、湊も北前船の入船・出船が少なくなり、徐々に静かになっていく。

しかし、冬の箱館には英国、フランス、ロシア、アメリカの艦船やアメリカの捕鯨船の来訪があり、新年を箱館の湊に停泊し迎える船もあった。

しかし、これらの乗組員が上陸し、酒を飲み町人相手に騒ぎを起すことがしばしばある。箱館奉行所では、外国船への通訳として長崎奉行所から二名を派遣させているが、時折、それらの通訳が不在の場合には、武田斐三郎や書生達も臨時の通訳として駆り出されることもあった。

塾頭の齋藤誠一朗が、大慌てで武田斐三郎の部屋にやってきた。

「先生、
奉行所からの急ぎの知らせです。

また、アメリカの捕鯨船員が町中で酔って、騒ぎを起しているそうです。

手勢を揃えて出張るので、英語がわかる書生を二人だしてほしいといっています」

コラム **柳川熊吉**

柳川（旧姓野村）熊吉　文政 25 年～大正 2 年（1825 年～ 1913 年）

江戸生まれ浅草の料理屋の息子で火消しの新門辰五郎の配下。辰五郎と勝海舟は親しく、勝に繋がる榎本武揚と熊吉は知己の間柄で、その後二人は蝦夷地箱館に渡り、箱館奉行堀織部正の小姓と下僕になる。熊吉は五稜郭築城の頃には、口入屋、料理屋を営んでいた。
明治 2 年（1869 年）に戊辰戦争が箱館で終結。熊吉が旧幕軍の遺骸を葬った慰霊碑が碧血碑で立待岬からは北西に 1.5 キロ程にある。

柳川熊吉の子孫「藤田　慈」記

斐三郎は、

「それでは君と誰か英語が得意な井上君が手伝ってやってくれ。いやいや、喧嘩に強い井村がよいなあ」と洋書を置き、火鉢にあたり手をもみながら応えた。

齋藤ら綜覈館《そうかくかん》の書生にとっては、こうした奉行所の手伝いをした者には、町方の岡っ引きと同様に手当てがもらえる。小遣い稼ぎとなるので、進んで手伝いを買ってでるのである。

齋藤らが近所である奉行所に行くと、すでに与力二名と町方からの応援など十数名が出動に備えていた。一人の与力は、

「それでは、山の上町での異国船員取締に出向く。一同出たつ」と合図した。

山の上町の遊女屋に着くと、そこには酔った船員たちが、遊女と遊びたいと押しかけたものの、船員たちはほとんどお金を持っていなかったことから、遊べないと断られ、店の主人ともめていた。

怒った船員が主人を殴り、看板や店の引き戸を手当たりしだいに壊した。このため、遊女屋の用心棒や町衆と船員たちとが乱闘になっている。

遊女屋に到着した与力など奉行所の取り方は、船員と町衆との中に割って入り、船員たちを

奉行所まで連れていった。

また、合わせて捕鯨船の幹部を奉行所に呼びつけ、壊した看板などの補償や手傷を負った主人への侘びなど、書生の通詞を介しての事件の処理を行うのであった。

実はこの遊女屋を営んでいるのが、柳川熊吉という江戸からやってきた侠客である。どういう経緯かはわからないが、堀利熙が奉行に着任していると、奉行所の勝手口によく出入りをして、堀奉行のために江戸風のドジョウ鍋料理を作ってくれる。これを堀奉行はとても楽しみにしている。

いわば、奉行お気に入りの熊吉の店に、異国の乗組み員が狼藉を働いたというので、奉行所も放ってはおけないところだ。

柳川熊吉は奉行所の後に時々、綜覈館に手土産を持って訪れ、塾生達とも親交をしていたが、特に喧嘩に強い井村を気に入っていた。

また、井村も「熊吉親分」と持ち上げ、時々熊吉の遊女屋に出かけては、楽しいひと時を過ごしていた。

洋式のストーブの製作

新しい年を迎えた綜褧館《そうかくかん》では、元旦には近くの八幡神社に武田斐三郎以下、書生らと共に全員が初詣にいくことが恒例の行事となっている。

箱館の冬は、北前船の往来もないことから、静かな季節の中で書生達は黙々と勉学に励むのであった。書生達は火鉢を囲み、掻巻きを着込んでいる。

そこに奉行所からの呼び出しがあり、武田斐三郎が出かけると、下役元締の梨本弥生五郎様より、

「箱館にエゲレス船が入港している。この船にあるストーブと同じ物を作りたい」と依頼された。

そこで斐三郎は、梨本と共に停泊しているエゲレス船を訪れた。

エゲレス船の士官にストーブを見たいことを伝えると、快く船内に案内され、設置してあった鋼鉄製のストーブを模写した。ストーブは円形状の形をしており、高さは約三尺（九十セン

チ）、円筒形の直径は約二尺弱（五十センチ）の大きさであった。斐三郎は、書生達に図面を書せた。

斐三郎は、図面を元に箱館の鋳物職人である源吉にストーブの製作を依頼した。源吉はストーブを試作したが、鋳物が厚すぎると、ストーブの熱が外に伝わりづらく暖かくならない。鋳物の厚さをどのようにするか、苦労の末ようやく程よく温まるストーブが出来た。

鍛冶屋は、出来上がったストーブを荷車に載せて、綜覈館まで運んできた。

書生頭の齋藤は、出来上がったストーブを斐三郎に見せた。

「先生、エゲレスの船にあったストーブを手本に出来上がりました。お奉行様や梨本様にご覧いただく前に一度試しに槙《まき》を入れて、燃やしてみたいと思います。土間の方においでください」

「日本で最初とされる洋式ストーブ」

「齋藤君、土間に煙突を付ないと、土間は煙だらけになってしまうぞ」と言い出した。

「分かりました」と齋藤は言い、急拵えで木製の煙突を窓から外に付け、ストーブを設置した。

「本来ならば土管の煙突とするところだが、これは臨機応変でやるのが、綜覈館流だ」

と自分なりに満足した様子だ。


ストーブに槇が込められ、槇はめらめらといき良く燃え燃え上がり、ストーブは温まったが、木製の煙突の端が焦げ臭くなり、少しが燃えだして、火事になっては大変と慌てストーブを消し、書生達は慌てて煙突に水をかけた。

これが何と日本での初めての洋式ストーブの始まりとなった。

養生所で医師見習い

さて、周作が箱館に来て三年がたった文久二年（1861）の四月、武田斐三郎は周作を役宅の自分の部屋に呼んだ。

「野宮君、そこで入門当初にも話した通り、箱館の町医者で金井良庵先生がおられる。先生は長崎で蘭学を学ばれ、名だたる藩からの誘いを断り、箱館の町医者として過ごされておられる。良庵先生に野宮君のご指導をお願いしている。

これまでの間、医学の原書を読解し、勉学の成果も挙がっている。そこで今後の一年間は、ひと月のうち半分を良庵先生のところで医師見習いとして診療を手伝い、実学を修めてほしい。また、二年目からは、生活の半分を養生所で過ごしてほしい」と周作に伝えた。

周作は桜が咲き誇る頃、斐三郎からの紹介状を持参し、金井良庵の養生所に向かったのである。

良庵の養生所は、箱館山の麓にある綜覈館《そうかくかん》から北東に半里ほど離れた町はずれの大森浜の近くにあり、良庵の養生所には、箱館の町や亀田半島の各村々に暮らす人々が治療に訪れるほか、主に周辺の亀田半島の村々を巡回診療するのが養生所の仕事であった。

箱館から見て左側が松前半島、そして右側が亀田半島と分かれている。

箱館は一万人弱の人口の割に町医者が数十名と多いことから、良庵は医療の機会が少ない。そこで、周辺地域の村々の診療を進んで担当したのであった。良庵は自分の養生所に長屋を設け、長期で治療にあたっていたことから金井養生所とは別名「亀田治療所」と呼ばれている。

周作は養生所のやや傾きかけた大きな屋根つきの門を通り、小さな池のある中庭を過ぎる。玄関に立ち、「たのもう」と大きな声を掛けた。

大きな声を何度か掛けているが、誰も現れてこない。声を掛けている間も患者が周作の横を通り過ぎ、勝手に玄関を上がっていく。

横を通る患者の一人に周作が来たことを伝えると、漁師風のその人は、

「お待さま〜、ここは勝手に上がって奥にある待合の大広間までいかないと、誰も出てきませんよ」と応えた。

周作は、わらじを脱ぎ玄関と長い廊下を歩き待合の大広間に到着する。

すでに大勢の患者が診察の順番を待っていた。

周作は診療を終えた老女に付き添って看護をしている若い娘に声を掛け、

「金井良庵先生は、どちらにおられますか。私は、野宮周作と申します。綜覈館《そうかくかん》の武田斐三郎先生より、こちらで修行をさせていただくため、罷り越しました」

その声に奥の診療室から金井良庵が現れ、

「よく来られた。私が良庵である。ここで看護の手伝いをしているのが、娘のお喜代《きよ》だ」

と紹介した。

「よろしく、お願いいたします」とお喜代も挨拶をした。

お喜代は年の頃は十八から十九で、鼻筋の通ったしっかりした顔立ちの美人であった。

また、良庵は五十代半ばで体は小柄ながら体つきはがっちりとし、相当に武術でも体を鍛えたようであった。

亀田半島への巡回診療

良庵は、

「それと、今は外の村々を巡回中の岡本純之介医師と、看護の手伝いの与平がいる。さらに賄いは、与平のおかみさんの沙代《さよ》さんもいるのでよろしく頼む。

さあ、挨拶は後にして早速、羽織を脱ぎ、医療着に着替えて診察の手伝いを行ってくれ。

この通り、次々と患者が押しかけて来るので、猫の手も借りたいくらいなので、こちらも大助かりだ」と喜んで周作を迎えた。

これより、周作は養生所の手伝い、医師見習いとして良庵とお喜代との療養所での生活が始まるのであった。

養生所の仕事は、診察の手伝いのほか、補充する薬や手術の道具を入手するため、箱館港に入る北前船だけではなく、場合によっては松前まで薬剤を受取りに行く必要があり、周作も三ヶ月に一度の割合で、松前の薬商人「本間屋」まで行く。

そこでは、武田斐三郎から富山前田藩家老の山田嘉膳への書状を渡すと、藩家老からの「特荷」として薬剤を受け取ることができた。これは周作が良庵宅で世話になることへのお礼でもあり、気配りでもあった。周作は通常の養生所の荷物とともに、この「特荷」を受け取りに松前まで出向くのであった。

「特荷」には船奉行所で税役を取られないものをいう。

受け取りは、松前藩の家老・松前勘解由の配慮により、容易に入手できるのであった。勿論、沖の口番屋の与力・半澤良之慎が便宜や世話をしてくれているのである。

また、これは松前勘解由にとって、ペリー来訪の折のコンニャク問答で、大変世話になった武田斐三郎に便宜を図り、借りを返すことにもなった。

周作は箱館から松前を往復する時は一人旅のため船に乗る。月に一度の割合で、金井良庵ともう一人の医師である岡本純之介は、箱館から亀田半島にあるいくつかの村々（主に漁村）の診療を交代で行っている。これには必ず看護手伝いの与平を伴っていたが、周作もこの巡回診療に同行するのであった。

特に、箱館から北東に亀田半島を十二里ほど横断する南茅部村の漁村集落では、遠方のため良庵の巡回に便宜を図るため、南茅部村の網元である野村寛衛門は、船を差し向けてくるのである。

良庵らはこれに応え、二《ふた》月に一度の割りで村人の治療に海路で亀田半島の村々へ診療に出かけたのであった。

重い病人は付き添い人と合わせて帰り船で箱館に連れてゆき、養生所での治療を受けさせたのである。これにも周作は同行するのであった。

「亀田半島の周辺図」

蝦夷地の漁村は、魚の水揚げが多く、これによる収入も本州の漁師とは比べものにならないほど多く、裕福であった。このため、南かやべの郷の網元・野村仁衛門は、わざわざ箱館まで船を出して医師を迎えにいくことも出来たのである。

この野村仁衛門の祖先も、富山前田藩からの移り住んだ「越中衆」である。

村々への治療には、もう一人の医師である岡本純之介が代わりに巡回することが多い。岡本純之介は、良庵の一番弟子ともいうべき人で、三十代半ばの働き盛りの年代である。

すでに妻子もおり、医師として独立し養生所を持ってもよいところだが、いぜんとして良庵を手伝っている。

良庵のご先祖は家老職

今日の周作は岡本純之介を手伝い、海岸沿いにある南茅部村に診療と合わせて、村人の種痘の接種を行うため、迎えの船の乗り込むのであった。この種痘の接種は箱館奉行所の命によって、逐次実施させていた。

迎えの船は、カツラやブナ、ヒバなどの板を原料に組み立てられたムダマハギ形と呼ばれる小型船である。ムダマハギ形船とは、丸木から刳り抜いた底板（ムダマ）を接ぎ合わせるという意味である。

船の作りは、船底に刳り抜き材（ムダマ）を二枚使用し、平らな船底にするため棚板と横板を付けて、アバラといわれる補強材を付ける。板の部材で組み立てる構造船と太古からの丸木船の中間にあたる造船方法である。

箱館など蝦夷地をはじめ津軽、太平洋岸の南部地方の沿岸で広く使用されている形の船である。魯がついており、帆が使用できる。沿岸での漁業や移動に使用される。

今回のムダマハギ船は、長さは十八尺半（6メートル）の六人乗りほどの大きさで、ムダマハギ船では最も大きい。

養生所のある大森浜の小さな木の桟橋に直接接岸できる。沖泊りの北前船のように乗り換える必要はない。ムダマハギは漁師一人が操船する。

岡本と周作は、船の真ん中に向き合って座る。周作は岡本純之介に金井良庵のことを聞いてみた。普段は治療に追われる毎日で、ゆっくりと先輩である岡本と話すこともなかったので、船が追い風を受け、帆を揚げて進むなか、ゆっくりと話しが出来たのである。

「岡本先生、武田先生より良庵先生は長崎で医学を勉強した後、諸藩のお抱医の話を断り、箱館に来られたと聞いておりますが、この経緯はご存知でしょうか」と周作が尋ねる。

「良庵先生はもともと米沢藩の家老の家柄血筋だ。

しかし、次男の部屋住みであったため、藩のお抱医の金井家に幼い頃に養子に出された。幼少の名前は乙平だったというのだ。

その後、養子先の家を継ぐべく、長崎に西洋医学の勉強に行っている間に、義理の父親が亡くなってしまい、別の医者が藩のお抱医になってしまったというのだ。

長崎での修行を終え、米沢に戻ってもよかったのだが、義理の母親も病気で亡くなったこともあり、父親同士がとても親しかった柏倉忠粛《かしわくらちゅうしゅく》先生が米沢から箱館に移り住まれていたので、忠粛先生を頼り箱館に移られたのだ」と説明してくれた。

周作は、

「柏倉忠粛先生は、私も綜覈館《そうかくかん》で講義を何度か受けており、存じ上げております。しかし、良庵先生は、もしもご嫡男であれば、米沢藩のご家老様ですね」

「代々ご家老様の血筋がお医者とは、なかなかいないぞ。藩主、上杉鷹山《ようざん》公の時代には、改革派の若手家老を勤めたのが数代前のお祖父さんにあたるそうだ。

その家老は晩年になると宴会をやり過ぎ、登城しなければならない時に登城せず、鷹山公のお叱りを受け、お役御免の隠居を言い渡された。

しかし、息子は連座せず、その後、江戸家老を勤めた。いずれにしろ、代々、米沢藩の要職にあることには違いない」

「そうですか。上杉鷹山公のご改革や上杉家七家騒動の話は、つとに有名ですので、私も知っています。ご改革に抵抗した国元の年寄り家老たちが、騒動を起こし、切腹や閉門となったのですよね。

でも改革派側のご家老様が、お酒の失敗で失脚していたとは知りませんでした。また、その子孫が良庵先生やお喜代さんとは驚きました」と周作は納得したのか、ポンと膝をたたいた。

さらに岡本は続け、

「実はまだ私が見習いの頃、良庵先生のお供で酒田まで北前船で渡り、それから街道に沿って米沢に行ったことがある。この時、金井家の墓参りと共に、良庵先生の生家のお墓を参りもした。

金井先生の菩提寺は、米沢の城下から南に猪苗代に続く街道を一里ほど行ったところにあった。住職の先祖は上杉謙信の血筋であるが、いつの頃か幼かったご先祖が仏門に入り住職となり、それ以後、上杉家の家臣のお墓を守っている。

この寺には、金井良庵先生のご先祖の代々にわたる位牌と墓がある。

寺を訪れると、住職に良庵先生が寺に墓のある家老の子孫であること告げると、一本の掛け軸を持ち出した。その掛け軸の絵には、川中島の合戦で先生のご先祖の武将が敵の武田軍武将の首を持って川岸を歩いている場面を描いたものを見せていただいた。とても印象深かったなあ」

周作は、

「実は武田先生は伊予大洲藩士ですが、もともとは甲斐の武田の血筋だそうです。家紋も甲斐の武田氏とよく似た四つ菱です。お名前にも甲斐の『斐』の字を入れておられます。

そうすると、良庵先生と武田先生のご先祖同士は、敵味方に分かれて川中島で戦っていたのですね」とニヤリと笑った。

岡本は、

「富山や加賀の前田様も越後上杉と争いをしているから、我々も同じようなものだ」と苦笑して返した。

岡本は、

「米沢ではその後、良庵先生に鷹山公が奨励したという鯉の料理を料亭でご馳走になった。こちらはとても美味しかった」と思い出話を聞かせた。

南茅部と「越中衆」

話をするうち、二人はその日の午後には南茅部の海岸に到着した。浜に着くと野村仁衛門が出迎えた。寛衛門は五十歳前後で大きな体に大きな袢纏をまとい、いかにも網元を地でいくような様相であった。

野村仁衛門は南茅部の漁民をよくまとめ、松前藩には、みずから進んで魚やコンブを献上することから松前藩より苗字帯刀を許されていた。

二人を迎え仁衛門は、

「遠路おいでいただきありがとうございます。岡本先生、野宮先生」と挨拶した。

「これから先は冬となり、海路、陸路ともなかなかおいでいただけません。重い病の者は船で大森浜の養生所までお連れいただき、来春まで治療をお願いいたします」と申し出た。

南茅部の家々も松前と同様に立派な造りばかりであるが、特に網元である野村仁衛門の屋敷は特に大きく、この地での豊かさを知ることができる。

すでに村人たちは集まっており、仁衛門の屋敷で治療を受けるべく順番を待っていた。また、翌日からは子供を中心とした種痘の摂取も合わせて行われ、三日間ほどの治療を行った。


ところで箱館周辺の亀田半島をはじめ、蝦夷地での種痘の接種は、この頃から五十〜六十前に遡るもので、日本では最も早くから行われていた。

この理由はエトロフ島で番人小頭をしていた中川五郎治《ごろうじ》という人が、ロシア人に拿捕《だほ》され極東ロシアに抑留中、ロシアの医師から種痘の接種術を習い、文化四年（１８１２）に釈放・帰国したというのだ。この時に、種痘技術を日本に持ち帰った。その時に、同様にロシア側に拿捕させていた高田屋嘉兵衛と共に釈放された。これは松前藩に捉えられていたロシアの海軍軍人ゴロウニンの釈放をロシアが求めてきたことから交換交渉により帰国した。

中川五郎治はその後、松前藩や箱館（幕府の奉行所）に勤めていたが、天保六年（１８３５）頃に度々流行した天然痘の種痘の接種術を行い、大勢の人々を救った。

種痘の技術は長崎からも伝わっているが、それ以前に蝦夷地ではロシアからの技術がすでに伝わり、予防医学が先駆的に行われた。

蝦夷地での種痘は、何故か男子と女子の子供では、種痘を接種する腕が異なるのである。これはどうも中川がロシアで見た時の様子がそうであったが、その時代の接種のやり方が、そのまま蝦夷地においても伝わっているのだろうと周作は思った。

さて、南茅部村の野村仁衛門の屋敷では、三日目の治療が早めに終わり、仁衛門は二人に声をかけた。

「ご苦労さまでございます。お疲れになられたことでしょう。この先の海岸からしばらく川をのぼったところの沢に新しく温泉が見つかり、湯治場が開かれています。

馬を用意しましたので、これからそちらにご案内します。白く濁った湯、サラリとした湯の二つの湯が出ている不思議なところです。お疲れをとってください」

「それは楽しみだ」二人は馬方役の漁師がそれぞれ引く二頭の馬にまたがり、湯治場に向かった。勿論、介護手伝いの与平、網元の仁衛門も徒歩でついて行く。

湯治場は海岸に半里ほど北にのぼり、海に流れ込む川をさらに半里ほどのぼった川岸にある。川沿いの道から馬に乗ったまま沢に下り、川岸の砂利を掘ったところにお湯が出ている。また、少し離れた川岸にお湯が出ている。

川岸から少し小高い場所には、屋根は低いが頑丈な作りの小屋が設けられており、ここで宿泊もできるように簡単な囲炉裏《いろり》や槇も小屋の横に積んである。また、小屋は熊や突然の嵐からの非難場所ともなる。

岡本、周作、与平と仁衛門は、白く濁った大きな湯床に一緒に入った。

仁衛門は、

「この土地は、アイヌの人々もいましたが、和人も古くから住んでおりました。以前住んでいた和人は津軽より海を渡り移り、農耕は行わず狩猟だけを行っていたようです。和人が使っていた土器がこのあたりでは、多く発見されております」

周作は、

「その人々の子孫はいるのですか」

「昔、移り住んでいた和人は、周りに住んでいたアイヌの人々に攻め滅ぼされたようです。何しろ千年以上もの大昔のことでしょうからね。よくわかりません」

岡本は、

「ところで仁衛門さんは富山がご先祖様と聞くが、富山はどちらのご出身ですか」

仁衛門は、

「私や父は南茅部の生まれですが、爺さんは富山前田の入善村から移り住んできたものです。蝦夷地の漁師は富山からの者が多いですよ。サケを追って北前船に乗ってきたのですよ。どうして富山からの漁業者が多いかというと、富山の漁師は前浜の漁場を長男が継ぐ。そこで二男や三男は、沖合や遠方の漁場をめざす。

このための技術を磨くため、二男や三男は同じ「宿」(世話人の家)や番屋小屋で一緒に暮らし、一人前の漁師となるまで漁のやり方を学ぶのです。そして北前船に乗り、蝦夷地にやってきたのです」

岡本も、

「実は私の父親も、富山から薬の商売で箱館に来た。その薬の縁で、金井良庵先生のところに弟子入りしたのだ」

周作は、

「そうですか、すると三人とも富山とはとても縁が深いのですね」

岡本純之介と周作は、夕方、馬に揺られ仁衛門の屋敷に戻り、翌朝、用意されたムダマハギの船で、箱館への帰路の途中にある村に向った。

帰りの船には、長期治療が必要な年寄りの患者と、付き添いの家族が三名ほど乗船している。帰りは向え風のため帆は使えないが、太平洋から津軽海峡に流れる海流に乗りながら艪を漕いで沿岸に沿って進んでいく。

時々霧がでるが、しばらくすると霧は晴れる。艪を操る漁師は慣れたもので、方向を見失うことなく、次の診療を行う恵山村に立ち寄り、再び待ち受ける人々の治療にあたった。

そして三日ほど治療を終え、十日後の夕方に近い頃、箱館の大森浜に到着した。

浜には、到着の日取りを知っていた岡本の妻と、男の子と女の子、赤ん坊の三人子供達が浜にある小屋で待っていた。

種痘技術が蝦夷地で先駆的に行われていたほか、本草学でも蝦夷地独自の発展を遂げている。養生所では患者に薬を渡しているが、西洋医学によるものの他、漢方の薬による治療も行われていた。周作が初めて知る蝦夷の薬も多く薬棚に置いてある。

これらは附子《ぶし》、イケマ（毒消し）、エブリコ、たかけり、熊肝、鹿角、オクリカンキリなどが箱館周辺で採取される薬草として、川芎《せんきゅう》、忍冬《すいかがら》、苟役《しゃくやく》、木通《アケビ》、トリカブト、黄蓮《おうれん》などだ。

翌日、周作はこられの薬についてお喜代に尋ねると、

「これはアイヌの人々が薬草としていたものを、和人が薬剤としたものですよ」と応えた。

近くにいた良庵は、

「幕府では、しばしば採薬使を蝦夷に派遣して薬草を探させている。持ち帰った薬草を江戸の小石川の御用薬草園や富山前田藩の城内にも植えられ薬としたものだ。

これら蝦夷地の薬草の本は何冊が出ている。ここにも一、二冊あるので、読んでおくと良いだろう」と教えた。

「蝦夷に昔からある薬についても、しっかり勉強しなければなりません」と周作は自分に言い聞かせた。

八幡宮の夏祭り

五月の桜も終わり、そして梅雨のない初夏の訪れとなる。周作は相変わらず、金井良庵の養生所での手伝いと、綜覈館《そうかくかん》での医学書の原書の解読に励んでいた。

野宮周作にとって、金井良庵の養生所での見習いと手伝いは、とても楽しく心はずむものだった。

夜中に村人の子供が養生所に担ぎ込まれた時など、お喜代は高熱でうなされる子供の傍に一晩中、井戸から組んできた冷たい水を桶に汲み手拭に絞り、子供の額にあて献身的な看護をしている。

この喜代が美人でとても気立てがよく、明るい性格で決して諦めず、前向きに仕事に向き合っている姿に接し、周作は心の中で愛しく思うようになっていた。

しかし、恩師のお嬢さんにそんなことを口にできるものでもなかった。

一方、お喜代にとっても、真面目でしかも忠実に良庵の教えを聞き、しかも人柄は明るく、優秀で美男である周作にひそかに惹かれていたのである。

周作が養生所を手伝って二度目の夏となる。箱館には多くに神社仏閣があり、いろいろな祭りが行われる。八幡宮の例祭は神社ではあるが、七月のお盆の頃に行われる。大きな神輿が町内を巡るのであった。

良庵は、周作と喜代の仲がよく惹かれあっていることを薄々知っており、二人に気を遣い、

「八幡宮の例祭を見物に二人で行ってもよいぞ」と周作とお喜代に伝えた。

二人が向った八幡宮には、すでに祭りを見ようと大勢の人々が集まっている。その中心に、白装束に烏帽子をかぶった氏子三十余人が大神輿を担いでいる。大神輿は金色に輝き、美しく輝いている。

大神輿は八幡宮を出発し、箱館の各町々を練り歩き、そして最後に八幡宮に戻ってくる。その時百三十段ある石階段を、一気に駆け登るのが、見所となっているのである。

周作とお喜代も、この石階段の脇にほかの人々の中に混じり、大神輿の駆け登りをまっていた。二人の手は、知らず知らずのうちに、握られていたが、周りの人々にとっては、大神輿を見守っているため関心の外にあった。

押されてよろけた時に支えた二人の手がそのまま離れない。お喜代の顔はほんのり赤くなり、心臓の鼓動がおかしいほどに高ぶった。

「毎年、お祭りを一緒に見られるといいですね」と暗示をこめた言葉を周作に投げかけた。

「私もお喜代さんと、ずっといられればと心から思います」と周作は本心を伝えた。大神輿の駆け上がりを見物した二人は、大勢の人と共に八幡宮の本殿に向かい、順番に従い、二人揃って参拝を行った。心の中で共に「添い遂げたい」と願っていた。

八幡宮の脇に箱館山への登る道が山頂へと伸びている。二人はその道を登り、その中腹までたどりついた。眼下には、祭りで賑わう町々が広がって見えている。

その日を契機に、周作とお喜代は仕事の合間を抜けては人目をはばかりながら、この場所にしばしば来るようになった。

そして、夏も終わり頃、立待岬の手前にある喜代の母親の墓に周作と共に訪れた。

その後、二人は夕日が沈む立待岬に立ち、将来を誓ったのであった。

祭りのその日、周作はお喜代の手を握り、

「私は藩命により良庵先生の元に参っており、一度は国元に戻らなければなりませんが、必ずお喜代さんのところに戻って来ますので、それまで私を待っていてくれますか」

と心を打ち明けた。

「周作様を信じております。いつまでも、お待ちしております」

と硬い契りを交わしたのであった。

五稜郭と新奉行所の建設

さて、時は少しほど戻り、周作が綜覈館《そうかくかん》に入門する半年前のことである。

函館奉行所では、奉行の堀利熙が武田斐三郎を呼び出し、開港となった箱館の備えを強化するため、幕府からの命として、新たに奉行所を移設し建設を行うことを伝え、その設計を洋式軍事者である武田斐三郎に任せたのであった。

箱館山の麓にある今の奉行所は、享和三年（１８０３）に松前藩が建てたものをそのまま使用しているが、坂の途中にあることから、訪れる外国の使節から奉行所の建物が丸見えで防備上問題があった。

また、外国使節との接見する部屋などが不十分であることなどから、別の場所に堅固な備えの新しい奉行所を建てることを決めたのであった。

武田斐三郎は、綜覈館《そうかくかん》に戻ると、早速、塾生を大部屋に集めた。

「いま、お奉行より、新たな奉行所の建設のための設計を申し渡された。この奉行所はただの建物ではなく、西欧列強の船を向かえ打つことができるような堅牢な城である。

西洋の戦いが大砲による戦闘であることから、欧州で一般化している稜堡式の築城様式としたいと考える。どのような形や構造とするか、これより西洋書にある城についての翻訳を急ぎ行わなければならない。その上で、もっとも相応しいものを設計しなければならない。

それでは、手元にある西洋書の中から、城に関する内容を捜すことから始めるように」
と訓示した。

「五稜郭」

「箱館奉行所」

斐三郎らは数ヶ月をかけて、西洋の城についての資料をまとめた。これらとしては、堡の形が大きくわけて、円形のものと星型ものに分かれている。そうした中から堡を五角の星型として、外堀が設ける様式とすることとした。

まさにこの形こそが、五稜郭といえるものである。

また、五陵郭の候補地が決まった。五稜郭は箱館港から約二里離れた、亀田村に建築されることになった。

これは外国の艦船から砲撃を受けても、到達しない距離を勘案したものだ。そして、頑強な西洋式の城を配置し、その中心に新たな奉行所を建てるというものである。

翌年の安政四年、武田斐三郎は、書き上げた五稜郭の図面を箱館奉行所の奉行に持参した。この時、箱館奉行は二人または三人が一年毎に交代するが、交代時期に二人揃っている。奉行の竹内保徳に、武田斐三郎は出来上がったばかりの五稜郭の図面を広げて見せた。

二人の奉行は身を乗り出した。

竹内保徳《やすのり》は、

「わが国の城とは、だいぶ形が違っているな」

武田斐三郎は、

「五角の星型で五稜郭と申します。この形では、攻めにくく、城壁にも登りづらいのです。また、尖った形の場所に大砲を設けることにより、四方の敵に砲弾を撃ち込めるのです。面積は約七万五千坪であります。そして中央に、新たな奉行所の建物を配置いたします」

竹内保徳はさらに、

「すでに工事を行う者達を呼んでいる。引き合わせるので、工事をしっかりと行ってほしい」

と述べた。

広間には、紋付袴を着た土工事や垣工事を請け負う土方の頭領、さらには奉行所の建築を請け負う大工の棟梁が控えていた。

このうち、新しい奉行所の建物は、これまでの箱館の町奉行所の役割に加え、外国人との外交の場としても領事館としても機能を兼ね備えるようにした。

この奉行所の建物の真ん中には中庭が配置され、正面玄関からすぐの階段を登ると大太鼓櫓に通じている。

これは周辺を見渡せる物見台の大事に際して、大太鼓を鳴らしての緊急呼び出しを行うものであった。

また、奉行所の周りには、用人長屋、手附長屋など役人の住居のほか、稽古場や湯屋、仮牢、土蔵など、約二十棟が建てられことになっている。

周作が箱館を離れる頃の七年間にわたる工事は、ほぼ完成していた。

亀田丸でロシアへの航海

綜覈館《そうかくかん》が開設される以前、函館奉行が地元の船大工である続豊治《つづきとよじ》に洋式の試験船の調査と建造を依頼した。

試験船の試作、建造に必要な木材の調達などを経て、安政四年（1857）夏に本格的な洋式帆船「箱館丸」（五十六トン）と、翌年に二番船の「亀田丸」（四十六トン）を相次いで就航させたのである。

箱館丸は、長さが十八間、幅が四間で乗れる定員は三十六人となっている。

これらの船を用いて運航させるべく、武田斐三郎が船長兼司令官となり綜覈館《そうかくかん》の書生が乗組員となって、日本各地を航海していた。

そして、周作が金井良庵に手伝いを開始してから三ヶ月後、洋式兵術を学んでいる井村は、他の書生らと外国への航海学実習に機会が与えられた。

この「亀田丸」の航海は、ロシアのニコライエフスクへ向かうものであった。

一行は武田のほか、箱館奉行所支配役の水野正太夫ほか役人数名、医師の深瀬洋春、ロシア人通訳、さらには貿易商の紅屋清兵衛ほかや水夫、炊事係と配膳人も加わり総勢四十六名であった。この水夫の中には、瀬戸内海で昔から塩飽水軍として知られる讃岐の国・粟島出身の者もいた。

その年四月二十八日に箱館を出港、三十五日をかけて、アムール川河口から八十キロ上流にあるニコライエフスクをめざした。箱館を出港して、沿海州と樺太の間の海を北上する。最初の航海では、数日間霧が立ち込めていたことから鐘や太鼓を鳴らしたり、時々大砲を撃ちながら船を進める。

数日後、樺太の島の中央より少し北に位置する、アレキサンドルスキーに着いた。今回の航海では、十一年前に英国船が測量した海図をもとにしていたが、実際に緯度経度を測量すると、かなり違っている。

また、港の入口には岩礁があり、多くの船が被害にあっている。しかし、その正確な水深や干潮の変化についてはロシアの書物にも記載がなく、これが被害を多発させている。

ここで武田は、齋藤や井村らと共に港に上陸し山に登った。そこには安政二年（１８５５）のロシア兵と英国兵が戦った時に、ロシアが建てた兵舎の跡を見つけることができた。兵舎は海から十町（約一キロ）ほど離れた山の中にあった。

塾頭の齋藤は、

「先生、丸太で組まれた大きな兵舎が十八も残っています。相当大勢の将兵がいたようです」

「ここのことは、ロシア領事館の人から聞いたことがある。以前は二千人がここにいたそうだ。このうち、兵舎は病院や浴室、武器貯蔵庫もあり、武器弾薬はいまでも保管しているそうだ」

「どうしてこの地で英国と戦になったのですか」と齋藤が尋ねた。

「英国艦船は、この山の中にロシアの軍事拠点があることを探りあて、大砲を放ったことから戦いが始まった。しかし、ロシアはこれに大砲で応戦せず、静かに英国軍が上陸してくるのを待ち構えていた。

しびれを切らした英国軍は、兵士六十人を上陸させたが、森の中でロシア兵の待ち伏せに合い、ほとんどの兵士が倒され、船に戻ろうとした兵士も海で溺れてしまった」

「結末はどうなったのでしょうか」

「部下を殺された英国艦の司令官は怒り、船を岸近くに寄せ、昼夜を問わず艦砲射撃をしたが、砲弾のほとんどは野原に落ちて、ロシアの兵舎には届かなかった。英国艦は、砲弾を使い果たしたことから帰ったそうだ」と教えた。

その後、亀田丸は錨をアレキサンドルスキーから錨を揚げ間宮海峡を渡り、アムール川河口から十里（四十キロ）にある目的地のニコライエフスクに向かった。

アムール川の河口からは大河を逆り、その後も航海をしながら黒竜江地方の測量を行った。

井村は齋藤に、

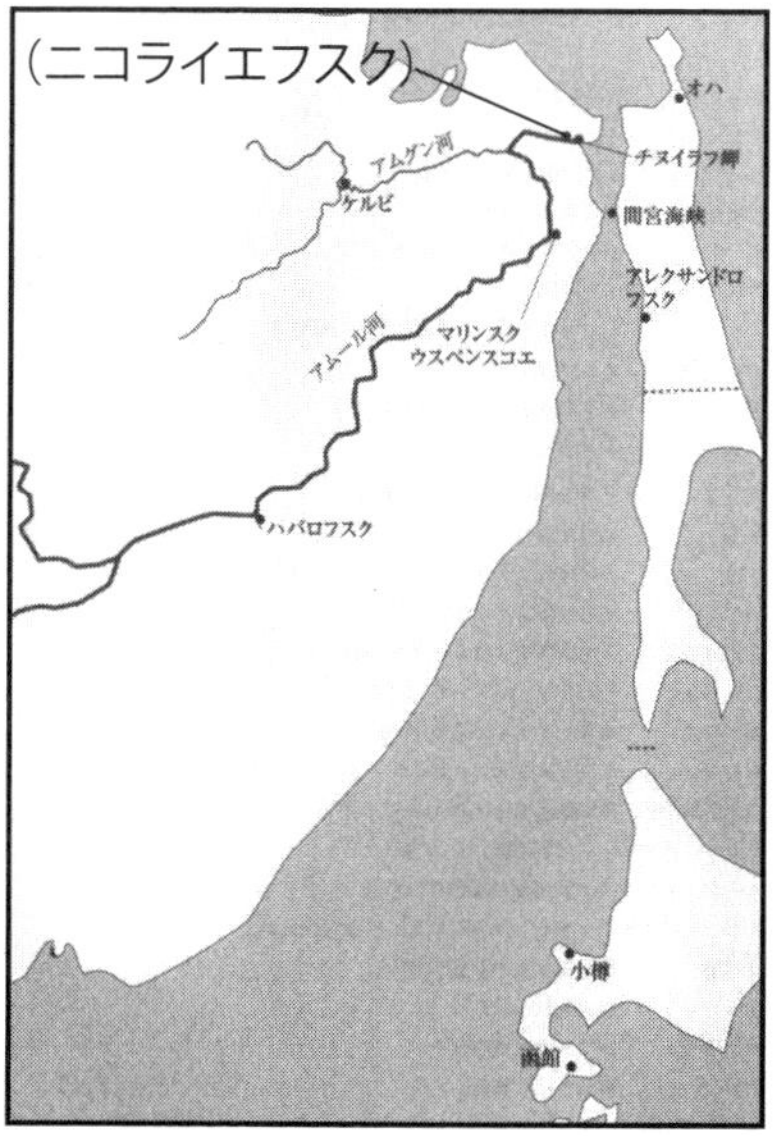

「ニコライエフスクの周辺図」

「川をのぼっているといっても、向こう側の川岸がまったく見えず、川中に小島が点在するばかりですね。川というよりは、これは海のようです」と川幅の広いことに驚いていた。

ニコライエフスクには、五月三十一日にようやく到着した。

ロシア側では砲台で一行を歓迎する祝砲を準備していたが、幕府から奉行所支配役の水野正太夫への事前の指示もあり、これを辞退した。しかし、豚や鶏、野菜、鮭などの食料品はありがたく受け取った。

また、軍楽隊による歓迎の演奏や祝宴も行われた。

港には大勢の人々が押しかけて来ているが、ロシア側は事前に「日本人は刀を携えており、むやみに近づかないように」との注意喚起を行っていた。

一行はニコライエフスクに四十六日間滞在し、ロシアでの測量術、地理や天文学など西洋発明のさまざまな器具の製造法などの見聞を広めたほか、町を防衛するアンダレス砲台や造船所も訪れている。

さらに、日本からの醤油、米などで貿易も行っている。

そして、七月十六日にニコライエフスクを出港、途中の航海では暴風雨の嵐に見舞われ、転覆する危機にも直面した。この嵐を乗り越え船を操ったのが、塩飽水軍末裔の水夫たちの活躍によるものであった。

その後、亀田丸は八月九日に無事、箱館港に錨を降ろした。

この航海の話は、武田斐三郎が後に著した「黒龍江記事」に詳しく記載されている。

この航海には、讃岐の国は粟島の水夫が数人乗っていた。この人の中の後日談として、武田斐三郎は、航海の嵐では神仏の『酒を絶つ』と誓い祈った。しかし、無事に帰国した斐三郎らは祝杯を上げ大いに酒を飲んだ。この様子を見た乗組員が斐三郎の断酒の誓いを質すと、「あれは海の上のこと、今は陸にいる」と笑って答えたという。

このほかにも井村幸生ら塾生は、江戸までの航海を行っている。この航海では箱館で新巻サケ三千両を積み、これを仙台で販売、その代金で米七千五百両を買取り、それを江戸に運び何と一航海で四千五百両の利益を上げ、運営資金にしたという。武田斐三郎は商売にも長けていた。

当然ながら井村は、航海の道中に寄った港町において、楽しい思い出作りに船を抜け出したことは間違いなかった。

帰藩命令下る

さて、周作が箱館に来て、早くも五年目の元治元年（１８６4年）、お喜代と楽しく過ごした八幡神社の二度の夏祭りも終わり、短い夏から秋に移る頃、富山前田藩の国元から井村と野宮宛に「両名とも修学を終え、急ぎ帰藩せよ」と藩命によりの書状が届いた。井村は養生所にいる周作のもとに急いだ。

井村幸正は養生所の建物に上がると、

「野宮はどこにおりますか」と大声で叫んだ。

井村は周作を見つけ、

「国元から書状が届いた。家老の山田嘉膳《かぜん》様が、城内で殺害されたと書いてある。藩では大騒動となっている。このため藩の一大事にあたり、我々に帰藩を早めるというのだ」と告げたのであった。

井村はさらに続け、

「山田嘉膳様の、目を見張るご出世ふりやご政道を快く思っていない藩士達が、建白書を本家の加賀藩に提出した。建白書を出した島田勝摩《かつま》は、建白書を出したことが富山前田藩に発覚するのを恐れたことと、山田様を恨んでいたことから、今回の人情事件となったと知らせている。いずれにせよ、帰藩の命がくだされた」と声を荒立てた。

「知らせによると、馬で登城途中の山田様に、城門の前で待ち伏せした島田勝摩が切りかかり討ち取られたとある。島田は捉えられ詮議を受けている」（後に、島田勝摩は裁きにより切腹となっている）

知らせを聞いた周作は、良庵の部屋を訪れて急な別れの挨拶をした。

「良庵先生、突然の知らせが国元より届けられました。これまでお教えいただいたご恩に心から感謝いたします」と簡単な言葉を述べた。

しかし、お喜代との約束・ゆくゆくのことなど、その場で伝えることは差し控えた。

良庵は、いずれ周作が帰藩する日が来ることは、判っていた。

いざその時が来ると、お喜代の気持ちを考えると同情し落胆するものであり、お喜代の姿が健気だけに、励まさなければならないと思った。

金井良庵とお喜代が二人で夕食の膳を挟み、良庵は静かに話しかけた。

「周作は帰藩するが、周作はお喜代のことをどのように申しておるのだ。わしもそち達の間柄は、薄々察している」

お喜代は、

「周作様は、必ず迎えに来るとおしゃっています。藩にお戻りになり、身の置き場が定まった暁には、必ず迎えに箱館に戻ってくると申されております。

私は周作様の言葉を信じて、お待ちするつもりです」

「いずれ嫁に出さなければならないと覚悟はしておる。周作であれば私も異論はない。私のことは心配しないで、好きな周作と存分な人生を送るがよいだろう」

「父上、ありがとうございます。まずは、周作様が迎えに戻られることを待ちたいと思っております。それまで、よろしくお願いします」とお喜代の目には涙が溢れていた。

良庵は、

「わかった、わかった。それまで寂しいであろうが、辛抱いたせ」と言って、お膳を前から横に置き、お喜代の肩に手をかけ慰め、励ましたのであった。

二日後の昼前、周作と井村の二人は、武田斐三郎や綜覈館の書生らが見送る中、船着場から小船に乗り込み、沖で待つ北前船に乗り込んだのである。あと半月もすると二百十日の台風の季節となり、北前船の船便も少なくなる頃であった。周作二十七歳、お喜代二十二歳の初秋の頃であった。

お喜代は船見坂から周作の乗った船を見送り、さらに船が箱館湾を出る頃には急ぎ立待岬に回り、遠くに霞んでゆく北前船のある海をいつまでの見つめていた。

藩主前田利同守と謁見

野宮周作、井村正幸を箱館の武田斐三郎のもとに見送ったのは、先代の第十二代藩主である前田利声であった。しかし、富山前田藩では以前から政争が絶えず、前田利声は隠居し、二人が箱館に着いた一年後の安政四年（１８５７年）に藩主は本家の加賀藩より、若干四歳の利同《としあつ》を藩主に迎えていた。

藩主が幼小であることから、藩の実権は家老である山田嘉膳が握っていた。嘉膳は周作、井村の箱館での就学を推進していたのは、藩の西洋学問習得のため、藩主交代にあたっては引き続きこれを認めていたのである。

しかし、二人の就学の推進者である山田嘉膳が暗殺されたことから、今回の早期帰藩となったものだ。

藩主との謁見の場で傍には山田嘉膳亡き後、次席家老から家老に昇進した野村宮内が横に控えた。


北前船が港に着き、帰藩した二人はただちに登城し、ご幼少の藩主、前田利同との拝謁を許された。

二人を前に家老の野村は「長らくの間、遠方の蝦夷地において勉学に励みご苦労であった。激動の時代の中にあって、藩内においては藩のご正道を巡り、山田嘉膳殿が殺害される事態となった。これに動揺せず、箱館で学んだことを当藩のために役立ててほしい。

両名が箱館修学の間のことであるが、富山湾に異国の船が姿を現し湾の地形を測量するなどの状況があった。その時は事なきを得たが、後でロシアの船であることが判った。

そこで、両名とも再び江戸に行くことを命ずる。井村は当藩の西洋式の軍事を整えるために朝倉を補佐し、西洋武器の購入やフランス式の軍事を整えるべく、藩内での教務役に勤めてほしい。

また、当藩は、ご本家の前田利家公以来、徳川家のご恩によって藩制を保っている。幕府より西洋式の軍務を整えるにあたり、医師を幕府に召し出すようにと幕命を受けている。野宮周作にあっては、幕府の海軍の軍医として幕府に仕えてほしい。これは藩命である」と伝えた。

周作にとって、この藩命は再び江戸へ富山前田藩士から幕府の幕臣となることを意味していたのである。

六年ぶりに小島町の我が家に戻った周作は、父母、妹に箱館での話しもそこそこに、数日後には、富山を離れ、井村、そして江戸次席家老の朝倉と共に、今度は越後経由の上越路で江戸に向った。途中には、幾つもの山が海の落ち込んでいる難所の「親不知《おやしらず》」を抜けた。

この親不知《おやしらず》の近くに入善がある。そして、高田から長岡に向い、長岡では城に近い宿に宿泊した。

夕食の席で、朝倉は周作と井村を前に、

「長岡藩では、すでに上席家老の河井継之助《つぐのすけ》によって、西洋兵器の購入を進めているというわさだ。それはガトリング銃なる連続式の固定式銃で、購入したということだ」

「連続式の銃とはどのようなものですか」と周作は尋ねた。

「周作は医学が専門で銃のことは分からんだろう。ガトリング銃とは、銃の筒がいくつも備わり、取っ手を回すと銃の筒が回転し連続して玉が発射されるものだ。日本語では機関銃と訳すらしい」と井村が答えた。

朝倉も、

「わしもまだ見たことはないが、すさまじい威力と聞いておる。壱丁で百人分の働きをするという話だ」

周作は、

「それはすごいですね。でも河井さんはどうして、そのような新式の銃を知っていたのでしょうか」

朝倉は、

「河井継之助殿は佐久間象山に蘭学を学び、長崎を見聞するなど、他藩に先駆け西洋の知識を吸収し、藩政に反映させることに努めていた。

これは名君として知られる藩侯の牧野忠恭《ただゆき》が河井を重んじたことから、他藩に先がけた取組みを行ったものだ。ようするにそち達と同じ道をすでに歩まれていたと言う訳だ。

ぼやぼやせず、河井継之助殿を手本として、しっかりと仕事に励むことだ」

と二人に言い聞かせたのであった。

井村は、

「朝倉様から久々にお小言を賜り、懐かしくまた、嬉しい限りです」と答えた。

しかし、その後、このガトリング銃からの雨霰のような銃弾を周作自身が受けることになるとは、その時は夢にも思っていなかった。

江戸屋敷に到着した井村幸正は、江戸次席家老の朝倉による西洋武器購入を手伝い、連日のように横浜の英国商館に通い通訳と交渉に務めた。

朝倉雁之助と井村は横浜英国商館より、最新式の銃を購入に成功し、荷物と共に富山前田藩に戻り、新式銃を用いた西洋式の軍隊訓練を城内で開始したのである。

藩主前田利同に新型銃の威力を見せ、その威力を驚かせたのであった。西洋式軍事訓練を行うほか、その後、西之丸に火薬製造所を建てることになったのである。

一方、周作は幕府老中より、フランス式幕府海軍創設のための通訳と合わせ、「海軍操錬所医師心得」となったのである。このため、住まいも本郷根津町にある富山前田藩邸ではなく、築地にある幕府軍艦操練所の近くに移り住むこととなったである。

野宮周作は、これより富山前田藩士ではなく、幕命により幕臣となる。藩命や幕命により藩士が幕臣となることはしばしばある。武田斐三郎も同様である。

幕府海軍医師心得に転進

幕府海軍の始まりは、安政二年（1855）に老中・阿部正弘《あべまさひろ》守が、外国船の日本への急増から沿岸海域の警護を目的に長崎海軍伝習所を長崎奉行所内に設けた。海軍伝習所の開設に合わせて和蘭から練習船の寄贈を受けるほか、教官も招いた。

この時、初代の海軍奉行は勝海舟である。

しかし、野宮周作が江戸に再び戻った元治元年（１８６４）の暮れには、長崎の海軍伝習所は海軍操練所となったが、その後に廃止され、数年前に築地にある講武所の中に軍艦操練所が移り、長崎での第一期生がすでに江戸築地での教官となっていた。

周作が通い始めた軍艦操練所の築地は、本願寺の周りに築地川があり、これを水路で結んでいた。

周辺には諸藩の大名屋敷も多くあった。この時の軍艦操練所の総監は勝海舟である。

江戸に軍艦操練所をどうして移転させたかというと、長崎では遠方で経費がかかり過ぎるため、大老の井伊直弼が改革を断行したのだった。

この頃の練習艦では、蒸気船が観光丸、咸臨丸、朝陽丸、と帆船の鵬翔丸、昌平丸など外国から譲り請けた中古船であった。また、教授陣は長崎海軍操練所での第一期生のほか、勝海舟と共にアメリカに渡ったジョン万次郎も加わっていた。そして、周作がペリー来訪の折、浦賀沖で見た奉行所与力の中島三郎助も第一期生の教授である。

中島三郎助は、浦賀奉行所の与力時代に老中阿部正弘守に建白書を送り、幕府での西洋式軍艦船の建造を具申した。

これが認められ、安政元年（１８５４）に日本初の西洋艦「鳳凰丸」（六百トン）を浦賀で建造した。周作が箱館で学んだ武田斐三郎による「箱館丸」の建造よりも、数年ほど前のことである。


築地の軍艦操練所の医師心得に赴いた周作は、海軍奉行であり操練所総監である勝海舟に着任の挨拶を行った。

その当時、海軍には医師が数名しかおらず、その他は修行中の見習が多かった。

周作のように医師としてしっかりと外国語を理解し、実学として医術を学んだものは少なかった。周作も「海軍医師」の資格で、採用されるべきであったが、諸藩からの移籍組みであったことから、暫くは医師心得とすることに勝は決めていたのである。

野宮周作にとって勝海舟は、太平洋を渡った大偉人であり、憧れの人物である。

その人に会えるばかりか、その勝の配下で仕事が出来るとは夢にも思っていなかっただけに、初対面の場では、いたく緊張していた。

勝は、アメリカまで太平洋を渡った大偉人だ。箱館丸で日本の沿岸をほんの少し練習航海した程度の周作とは、やはり大きさが違いすぎる。しかし、実際に会う勝は、根っからの江戸っ子で、明るく親しみのある人物であった。

「このたび、海軍医師心得を仰せつかりました、野宮周作であります」

「お前さんもご承知のように、桜田門の変があったね。江戸では黒船に続いて、天地がひっくり返るような騒ぎだった。

このところ日本の時代は、大きく動いているんだよ。日本が西欧列強と伍していくためは、強い海軍を早急に作らなければならない。そのため、不足している軍のお医者様を補強しなければならない訳だ。

そこで、薬石の調達を願っている富山前田藩の前田公にたってのお願いをして、お前さんをもらい請けたという次第よ。

「江戸築地周辺の図」

お前さんがつとに優秀であることは、箱館奉行所や武田斐三郎先生から幕府に報告がきていたよ。

今回の富山前田藩の事件で帰藩となったが、そのことと、お前さんを幕府海軍医として来てもらうことは関係がないのさ。

すでに幕府や箱館奉行所では、内々で話しが決っていたよ。合点がいったかい、お前さん」と終始江戸弁でまくし立て、これまでの経緯を話してくれた。

「そのことは、武田先生より一言も伝えられなかったので、藩命より今回の申し付けに驚いた次第であります。これより海軍医師心得として、努力、精進いたしますので、よろしくお願いいたします」と周作は応えた。

幕府海軍、最新鋭艦「開陽丸」

周作の築地での軍艦操練所の生活が始まった。軍艦操練所を拠点に、沖に停泊する幕府海軍の艦船を回り、将兵の診察を行った。すでに着物から西洋式の軍服に身を纏う姿は、箱館でお喜代と過した頃からは、まったくの別人であるようであった。

お喜代にも、今の周作の姿を見せたら、さぞかし驚くだろうと思った。

周作がこの築地の軍艦操練所に着任した頃、幕府海軍の所有艦船は、いずれも外国からの中古船であった。外国のお下がり船では、外国の新型艦船とは戦いにならないことから、幕府は最新式の軍艦「開陽丸」の建造をすでに和蘭に発注していた。

発注したのは井伊直弼の亡き後、老中に復帰した安藤信正《あんどうのぶまさ》である。

幕府はこの「開陽丸」を和蘭で引取りと留学をさせるため、海軍奉行補佐の榎本釜次郎ほかを和蘭に向かわせたのである。開陽丸は、木造船ながら二千七百八十トンの大きさで、船の長さは七十二メートル、三本の帆柱に加え、当時としては最新式のスクリューによる推進器を備えた蒸気船である。

「復元された開陽丸」

ペリーの黒船は蒸気船であるが、推進装置は船の左右についた水車式である。

周作は、築地の軍艦操練所を拠点に各船に乗船している教官や練習生の診察に明け暮れていた。特に開陽丸の引き取りのため、軍艦操練所では医師数名も欧州一行に留学しており、これらの医師不在となっていたことから、軍艦操練所では周作も医師見習いではあったが、各艦船で診察にあたっていた。

慶応三年（1867）三月、和蘭で建造をされた開陽丸は、榎本武揚らを乗せて六ヵ月の長い航海を終え無事日本に到着、江戸湾は横浜の埠頭に停泊したのであった。この時、榎本は三十一歳である。

周作は、出迎えの勝海舟総監以下、他の軍艦操練所幹部らとともに榎本らを出迎えた。

周作も榎本に対して、

「無事、ご帰還おめでとうございます。先生のお話は箱館奉行の堀利熙正様より、諸術調所（綜覈館《そうかくかん》）の書生時代にお聞きしています」

「箱館お奉行の堀様には、特に若い頃、小姓として一年間お仕えした。蝦夷地をはじめ、樺太にまでもお供させていただき見聞を広めさせていただくなど、大変かわいがっていただいた。

私が今日あるのは堀様のお陰であり、私の大恩人だ。しかし、外国奉行での普魯西《ぷろいせん》（まだ統一されてないドイツ連邦）との条約をめぐる不始末から切腹されてしまうとは、痛恨の極みだ」と榎本は答えた。

「綜覈館（箱館諸術調所）が開塾間もない頃に、榎本先生も書生としておられたとの話もありますが、本当でしょうか」と周作は尋ねた。

「もっぱら御奉行の堀様のお共をしたので、綜覈館には顔を出した程度で、勉強らしい勉強はしていなかったが、堀様のお供をすることが、私にとっての勉強だった」と榎本は笑って答えた。

以後、周作は堀利熙を共に尊敬する者同志として、榎本に従い行動を共にすることになった。

その堀利熙は、箱館奉行の後に外国奉行として江戸にあったが、普魯西《プロイセン》との条約を巡り、時の老中からオーストリアとも裏交渉を勝手にしているのではないかと鋭く追求され、この責めを負い万延元年（１８６０）に四十二歳の若さで切腹し、この世を去ったのである。

開陽丸が日本に到着したその年の十二月には、一橋家の徳川慶喜が第十五の征夷大将軍となったのであった。

これと前後して二度にわたる長州討伐、薩長連合、鳥羽伏見の戦いへと幕末の時代が大きく動いていたのであった。

阿波沖海戦

年が明けて慶応四年（１８６８）の一月二日、開陽丸は播磨沖にあった。

船上では「撃て！」の号令と共、に開陽丸の大砲が薩摩藩の春日丸に向けて放たれ、ド、ド〜、と空砲が放たれたのであった。

榎本は、薩摩藩の戦闘艦春日丸（千三百トン）と輸送艦翔鳳丸（四百六十トン）ならびに平運丸（七百五十トン）を阿波沖で発見し、これらに対して、停船を命ずるため、空砲数発を放ったのであった。

「このまま薩摩に帰すわけにはいかない。追跡し拿捕する」

三隻は、鳥羽伏見の戦いにあって薩摩藩士の家族を乗せ、薩摩の国もとに帰藩するため、大坂を出発、兵庫港に一時避難し、再び薩摩をめざしていたのであった。このうち、春日丸は船足の遅い翔鳳丸を曳航し瀬戸内海側に航路をとっていたが、開陽丸に砲撃されたことから、曳航綱を切り放して、開陽丸との戦闘態勢に入ったのであった。

開陽丸艦橋では、艦船頭の荒井郁之助が、

「停船するつもりはないようです。そのまま、走り続けております」

榎本は、

「薩摩の三隻を追いかける。ただちに戦闘態勢に入る。一同、かかれ！」と大声で号令をかけた。

開陽丸からはただちに春日丸に向け、本格的な砲撃を開始した。

再び榎本の「撃て！」の号令で右舷にあるすべての大砲がド、ド〜、ド〜ンと一斉に火を噴いた。

開陽丸が横からの大波を受けたように、左右の大きく揺れ、しばらく収まるまでに時間がかかった。

これに応じて、春日丸も数門ある大小のポント砲でこれに応戦した。これは日本において最初の艦船同士の砲撃戦であった。

周作も榎本の開陽丸にあり、船内の施薬所では医師見習である谷地楊芎と共にあった。

「いよいよ、本格的な海戦だ」と腹をくくった。

二人が船長室の近くにある施薬所で負傷兵を待っていた。周作が椅子に座り、腕を組んでいる。

「頭の上からは、大砲の音ばかりは派手に撃ちまくっているが、いっこうに誰一人して、運ばれてくる者はいないじゃないか」と話した。

医師見習の谷地は、

「施薬所が開店休業なのは、こちらにとっていいことですね」と笑って応えた。

それもそのはずである。開陽丸から放たれた砲弾は、春日丸の周りの海で白い水柱が幾筋も立つばかりで、まったく春日丸には当っていない。

また、春日丸からの砲弾も撃ってはくるものの、水柱だけが立ち、同じように開陽丸には当たらない。

開陽丸は、春日丸との距離を少しずつ詰めながら旋回し、さらに砲手は大砲に玉を込め再び砲弾を放ったが、同じように一つもあたらない。

榎本は、

「しっかり、狙いを定めて、大砲を撃つのだ。続けて撃て!」といらだちながら号令を下した。

開陽丸と春日丸は、お互いに回りながら撃ち合った。

大砲の数では開陽丸が春日丸より数倍多く、弾数は開陽丸が五十発近く、春日丸は三十数発近くを撃ったものの、それぞれ玉が一発ずつ船体を掠めた程度で、大した損害はなく海戦は終わった。

当時の船の大砲には、狙いを定める標準器がなく、砲手の感で適当に撃っていたため、まったく当たらなかったようである

春日丸は水車式の蒸気船であるが、スクリュー式の開陽丸より速かったため、戦線を離れて逃げのびてしまったのである。

また、平運丸は春日丸が砲弾を打ち合っている間に、淡路島沖から太平洋側の航路ひと足先に逃走してしまった。

しかし、もう一隻の輸送艦・翔鳳《しょうほう》丸は途中で機関故障を起してしまい、やむなく徳島藩の由岐の浜に漂流し、乗っていた薩摩藩士は翔鳳丸が幕府側の手に落ちることを嫌って船に火をつけてしまったのであった。

この翔鳳丸には、薩摩藩の江戸屋敷にあったお宝が積み込まれていたという。

春日丸は平運丸と共に数日後、無事に鹿児島に到着した。

この鳥羽伏見の戦いでは、幕府海軍は大坂湾に開陽丸、富士山丸、蟠竜丸、順動丸を出動させて、野宮周作は開陽丸などに乗船し、その後の陸上での戦いの成り行きを船の上で見守っていたのである。

将軍の大坂脱出

開陽丸は阿波海戦の後、大坂湾に戻っていた。

鳥羽伏見の戦いでは、薩長軍が西洋式の武器と軍隊であったことから、旧式の武器と兵法の幕府軍はいたるところで敗戦した。慶応四年（1868）一月七日、ついに将軍・徳川慶喜の大坂脱出を決めた。夜半の天満橋から小船に乗り、大坂湾の沖に出たもののどこに開陽丸が停泊しているのかわからず、真っ暗な海では見つけることが出来なかった。

そこで目の前に現れて停泊するアメリカ船にひとまず乗船させてもらうことになった。明け方、ようやく沖に停泊している開陽丸を発見した。近くには富士山丸も停泊していた。将軍と共にあった外国奉行の山口駿河は小船で開陽丸に近寄り、甲板で見張りをしていた水兵に、

「外国奉行の山口駿河《するが》である。海軍奉行か、艦船頭に会いたい」

と申し出た。

開陽丸に乗船すると艦船頭並（副艦長）の沢太郎左衛門が応じると、山口奉行は、

「アメリカ船に高貴な方がおられる。至急に本船にお連れしたい。事は隠密に進めていただきたい」

「高貴なお方を含めて、何人お連れすればよろしいのか」と沢は尋ねる。

「八名である」と山口が応える。

ただちに開陽丸から三隻のボートが降ろされ、警護の銃を持った十二名の水兵が将軍を迎えにアメリカ船に向った。そし

「徳川慶喜　大坂脱出の絵」

て将軍は無事に開陽丸に移動した。

この時、榎本は大坂湾の開陽丸を離れて上陸し大坂城に到着したが、一足先に将軍の姿はなくなっていた。

大坂城には、勘定奉行の小野友五郎が残されていた。小野は、「榎本さん、実はこのお城には薩長軍との戦に備えて、軍資金十八万両があるのですよ。これを何とか江戸城まで運ぶことはできませんか」と相談を受けた。

「それと、やはり戦に備えて準備した多くの武器、さらには敵に渡せない書類が山ほど残されているのです。これを運びたいのです」

榎本は、

「小野さん、いや、昨日までの話では、薩長軍とは最後まで戦うということであったのが、ここ大坂城に来てみれば、上様はすでに城を離れられいるので驚いているのです。

軍資金、武器や書類も合わせて持ち出さないわけにはいきませんね。急ぎ、小船やボートを集めて、沖で待つ艦船に運ばせましょう」

小野は大坂城にある御金蔵の蔵を開かせ、水兵に千両箱の積み込みを行わせた。

小船やボートは、大坂城を巡る水路から川を抜けて大坂湾に出る。すでに開陽丸は将軍を乗せ、一足先に江戸に向っていた。

周作は榎本と共に大坂城に行き、鳥羽伏見の戦いの負傷者を治療するはずであったが、小野の申し出により、軍資金を運ぶ手伝をすることになってしまった。

「行きがかり上とは言え、医者が千両箱を担ぐ仕事をするとは思いもよらなかった」

と小声でつぶく。

「いま、積み込んでいるのは何と十八万両だ。すごい額だ。さすが幕府の懐は深いものだろう」

と士官の松平がそっとその金額を教えてくれた。

「千両箱だと千八百箱の勘定となる。これを運びだすのは大変だ」

大坂城から軍資金を運んでいる間に、

「今、上様は、アメリカ艦船から開陽丸に無事移られたとの知らせがあった。これで一安心だ」

その後、大坂湾の沖で待つ富士山丸には、千両箱が小船から次々と運び込まれた。

榎本は、

「開陽丸は上様をお守りして、江戸に戻る。我々も、上様の後を追って江戸に向う」と船上で命令した。

五日後、開陽丸は品川沖に無事到着し、将軍・徳川慶喜は用意させた小船に移り、御浜御殿から上陸し、待ち構えた馬に乗り、江戸城に戻った。

江戸開城

鳥羽伏見の戦いで勝利した薩摩・長州軍は朝廷からの倒幕の勅旨を受け、官軍として江戸に向け進軍した。

この事態を受けて、幕府では将軍・徳川慶喜の意向に従い、江戸城を官軍に引き渡すことを決め、慶応四年（１８６８）四月十一日に官軍の江戸城無血入城となった。

この時、榎本は幕府海軍副総裁として、幕府海軍八隻を館山沖に引き連れていた。

医師見習である谷地楊芎は、開陽丸の船内の施薬所で、

「築地にある幕府軍艦操練所をはじめ、開陽丸などの幕府艦船ともども、官軍に引き渡さなければならないことになるようですね。野宮さんは、これからどうするかね」と額にしわを寄せて尋ねた。

周作は、

「お役御免となれば、まずは国もとに帰りますが、まだ御奉行の榎本様のお考えを聞いておりませんので、これから思案のしどころですかね」

施薬所に士官が駆け込んできた。

「今、陸から小船が到着した。中に勝海舟総裁が本船に乗り込まれた」

「勝先生は、何の用向きで来られたのだろうか」と首をひねった。

周作は、

「勿論、この八隻の海軍艦船をどうするのかだなあ」

勝海舟の説得により、まずは八隻の艦船は品川沖に戻った。そして、八隻のうち、艦船の走力が早い、比較的新しい艦船である開陽丸、蟠竜丸、回天丸、千代田形丸の四隻を残し、残りの富士山丸など四隻を官軍側に引き渡した。

その後、五月末に徳川家は七十万石で駿河移封と処遇が決まり、これを聞いた榎本は安堵し、蝦夷地での旧幕府藩士ら救済のための共和国構想を立案、総裁の勝海舟にも打ち明けるのであった。

勝は品川沖に停泊する榎本を訪ねて、

「釜次郎さん（榎本の幼少の名前）、おやめなさいよ。上様の行く末も決まったことでもあるし、無理をしては身が持たないと思いますがね」と相変わらずのベランメイで説得した。

しかし榎本は、

「臨太郎（勝の幼少の名前）さん、徳川家臣三百万人はいったいこれから、どうなるのかね。臨太郎さんを通じて新政府に出した共和国構想は、聞き入れてもらえなかった。ここに至っては、やるしかない。これで死んでも悔いはないですよ」

「外国からの横槍は抑えることが出来たし、上様の行く末も決まったことでもあるし、これ以上、戦をすることはないではないでしょうかね」と勝は説得したが、榎本の決意は固く会談を終えた。

榎本は勝の制止を押し切り、蝦夷地での徳川幕臣による講和国建設を決断し、新天地に向けて着々と準備を進めていた。

残った艦船のほか、何といっても大坂城から持ち出した御用金十八万両があった。この内、かなりの軍資金や沢山の武器、弾薬がまだ榎本の手元にあり、これを易々と官軍に差し出す訳にはいかない。

周作の元に、士官から榎本の指令が伝えられた。

「幕府海軍は蝦夷地に向うそうだ。まずは箱館の五稜郭をめざすことになった」

周作は、

「え……、箱館ですか」と一瞬、言葉を詰めるほどに驚いた。また心が小躍りした。

士官の松平は、

「野宮さんは、諸術調所の出身だから、箱館は詳しいだろう」

周作にとっては、お喜代が待つ箱館に行けることは、まさに夢が叶った思いである。

「私は榎本さんについていくが、野宮さんは、どうするのかね」と松平は尋ねた。

「勿論、箱館に行きますよ」と急に明るく、元気な声で答えて見せた。

旧幕府海軍、箱館へ

官軍の目を盗みながら、弾薬や食料などを密かに艦船に積み込み、榎本武揚ら旧幕府逃走軍は残った四隻に加え、輸送艦など合計八隻をもって、慶応四年の八月に品川沖から箱館に向け出発したのである。

これに共鳴した旧幕府の武士をはじめ、一部の町衆、さらには旧幕府陸軍のお雇いフランス人将校などを含めて、総勢二千名が八隻に乗り込んだのである。この中には、京都で名をはせた新撰組隊士、上野で敗退した彰義隊など、歴戦の猛者も含まれていたのである。

この時期は、旧暦で八月ながら今の十月にあたる。船団は丁度差し掛かった台風と房総沖で遭遇、輸送船二隻を失なった。この中には、勝海舟と米国に渡った咸臨丸も含まれていた。

咸臨丸は、暴風雨のために漂流し清水港に漂着、そこで新・政府軍側に捕縛されてしまった。もう一隻の輸送船は開陽丸に綱で曳航されていたが、その綱が暴風雨のために切れたことから輸送船は犬吠埼沖で難破してしまった。

残った六隻は帆柱を折られながらも仙台湾に到着、食料の補給をすると共に、官軍との戦いで敗れた東北諸藩の藩士などをさらに加え、総勢は三千名となった。

この仙台から加わった中には、新撰組隊士の土方歳三があった。また、戊辰戦争の主戦場となった会津からの残党も多く加わった。この中には、会津の戦いで切り込み隊の名を馳せた木嶋武士郎の名もあった。

木嶋の戦法は、敵の玉に当たらないように身をひそめて近づき、敵の兵士が鉄砲を一斉に放し、次の玉を詰め込んでいる一瞬のスキを見計らい切り込み、得意の居合の剣でバタバタと切り倒すものであった。

木嶋は会津での度重なる戦いをかいくぐり生き延びただけに、鋭い目付きは一瞬のスキをも見逃さないものであった。

修理を終えた船団は仙台でさらに輸送船を補充し、再び八隻体制で北上し、この年の十月、亀田半島の付け根にあたる森村・鷲の木の浜に到着した。この時も天候は大荒れとなっており、上陸時も小船が転覆して、数十名の犠牲者が出た。

上陸した榎本は、

「箱館に向け進軍する」と号令をかけた。

野宮周作も、高松凌雲らその他の軍医と共に、鷲の木の浜に上陸した。

凌雲は、

「野宮君、ここから箱館まではどの位の距離があるのかね」

周作は、

「南に約七里となっております。途中に峠下などの村ありますが、周辺の亀田半島は南茅部の村々を診療巡回するため、船で回っておりました。峠下を越えての鷲の木は初めてであります」と答えた。

箱館では、すでに政府軍に接収され京都敦賀から海路で箱館に赴任していた清水谷公考《きんなる》が箱館総裁になっていたため、榎本軍の進軍を阻止すべく、峠下村周辺で激戦となった。

しかし、榎本軍は、実践経験を積んだ猛者が多く、実戦経験のない政府軍を撃破したことから、箱館にあった清水谷総裁は、早々に青森に避難してしまった。

榎本ら旧幕府軍は、十月末（新暦では十二月）の厳冬の中、箱館は無傷の五稜郭にたどり着いた。

この年の九月八日に新・政府は元号を明治としている。

お喜代と喜びの再会、そしてにわか祝言

五稜郭に到着した周作は、軍医取締の高松凌雲の許しをもらい、お喜代の待つ箱館大森浜の金井良庵の養生所に向った。

賊軍となった今、明日をもしれぬ自分。行くことの是非を考えて臆する気持ちを抑え切れず、やがて走り出していた。周作は走りながら心の中で「早く会いたい」と叫んでいた。

もう理性では抑えきれない。

雪が舞い散る中、門をくぐり養生所に入ると、順番を待つ見慣れた患者の姿がある。そして懐かしい光景がそこあった。さらに周作は診察室に入り、お喜代を見つける。お喜代も突然姿を現した周作を見て、我を忘れた。

「お喜代さん、いま戻りました」とお喜代に近づき、両手を強く握った。

周りにいた金井良庵もうなずき、

「周作、よく戻ってきてくれた」と涙を流しながら、周作の無事と帰還を心から喜んだ。

「岡本先生や、与平さんもお変わりなく、息災でしょうか」

「皆、元気だ、安心せよ。さあ、お喜代、奥の部屋に入ってもらいなさい」

静かに周作を導いた。良庵はこの時を逃しては、周作の心を留めて置く事はできないと察し、急いで看護手伝いの与平夫婦ににわか作りの祝言の支度をするように申し伝えた。

「突然祝言ですか？」と与平は狐につままれたような顔をしたが、
女房のお沙代は、

「分かりました。まったく男というのは、合点がいかない悪い頭しか持っていないのだから。特にあんたはね」と直ぐに、周作とお喜代の事であることが、女の直感として閃いたのであった。

その夜、良庵の屋敷の広間には、正面に周作とお喜代が並び、左右の良庵と向かえに岡本純之介夫婦と子供たち、さらに与平夫婦らが集まっていた。

良庵は席に座り、

「周作は帰ったが、皆も承知のように旧幕府軍の軍医となっている。これからどうなるか、先行きが分からぬ身の上となっている。

わが娘のお喜代のたっての願いから、今夜、二人の仮祝言を挙げたい」

お喜代は大きな白い布で角隠をしていた。これは、賄い与平の女房が持ってきた治療用の大きな白い布を使って支度をして手伝った。

良庵は続けて、

「皆もすでに周作とお喜代のことは、承知のことと思うので慌しいが、今日より夫婦となる」

と口上を述べた。

岡本純之介の娘が前に出て、二人の三々九度の杯を差し出す。

周作、続いてお喜代がこれを受け、夫婦の誓いとした。

岡本は高砂を謳い、祝言に花を添えたのであった。夜遅くまでのささやかな宴が終わり、その夜、周作とお喜代は、お喜代の部屋にあった。

周作は、

「これでよかったでしょうか」とこれからの自分の行く末と残るお喜代を心配して尋ねる。

「これでよいのです。私は周作さんと添い遂げるために、生まれてきたのですから。

これら何が起こっても、今夜のことを忘れずに、ずっと暮らしていけます」といって、周作の胸に深く収まっていったのである。

翌朝、周作が目をさますと、すでに床にはお喜代の姿はなく、台所で朝食の支度にかかっていた。

庭の井戸で顔を洗い、髭を剃った。

お喜代は、

「今日の朝はいつにも増して寒いですよ。ご主人様」と声を掛けた。

「ご主人さまはないでしょう」と周作は照れくさそうに、笑って返した。

朝の膳を前に、周作は義父となった金井良庵とお喜代に、

「いずれこの戦も決着がつくと思います。

私を幕臣に取立ていただいた方々への恩返しがありますので、暫くは戻れません。

しかし、必ずやここに再び戻ってきますので、それまでご心配をおかけします。良庵先生、お喜代共どもよろしく、お願いします」と正座し深々と頭を下げた。

その後、周作は暫くの間、榎本らが城とする五稜郭や箱館湊に停泊する艦船と、お喜代が暮らす大森浜を時間が許す限り往復していた。

松前陥落と開陽丸沈没

十一月となる旧幕府軍は、新撰組で名を知られている土方歳三が率いて、彰義隊、陸軍隊、額兵隊（仙台から乗り込んできた藩士ら）や新撰組隊などの七百名の部隊をもって、新政府に恭順している松前藩の攻撃に向ったのであった。

松前藩では、藩主の松前徳広公が病弱（結核）であったことから、ペリー箱館来訪での「こんにゃく問答」で諸藩の間で有名になった家老の松前勘解由が、それまでは藩の実権を握っていた。

勘解由は、新政府にも旧幕府にも金をばら撒くなど、のらりくらりと両方にうまく対応していたが、榎本らが箱館を奪う直前の頃になると、松前藩内の尊王派が謀反（クーデター）を起したことから藩政を奪ってしまった。

謀反を知った勘解由は、福山城に家臣らと共に押し掛けたが、謀反を起した一派は城の門を閉ざし、勘解由は中に入れず藩主の命令だとして、お役御免となって自宅の謹慎となってしまっていた。

藩政を握った一派は少数派であったことから、藩主の松前徳広公を多数の藩士から隔離するため、福山城から十里以上の離れた松前半島の中央部の場所に新たな館城を建てた。

これは、藩士や町衆の目を藩主・松前徳広公から逸らすもので、ある時、訳のわからない祭事を行い、そのスキに藩主を館城に移してしまったのであった。

しかし、松前藩が新政府軍側となった後、旧幕府軍が箱館にやってきてしまった。

そしていよいよ旧幕府軍の松前攻撃が始まった。この時、周作は、戦艦・蟠竜丸の医師として乗船していた。

周作は、士官の松平辰之助に、

「失脚した松前藩の勘解由様には、私が武田斐三郎先生のもとに来られるようにお口添えいただいた恩人だった。勘解由様がおられれば、このように松前を攻撃することには、ならなかったと思います。たぶん勘解由様ならば、のらりくらりの対応で戦にはないらいでしょう」

松平辰之助は、

「勘解由様の後に藩政を握った城代家老の蠣崎民部《かきざきみんぶ》へ榎本総裁から和平の遣いとして、捕虜にした松前の藩士を遣いとして送った。しかし、新たな家老はその態度が悪いといって藩士を切って捨てたそうだ」

周作、

「かなり荒っぽいご仁のようですね」

「実は私の国の富山前田藩で、同様に藩内の尊王派が実権を握り、いまや富山前田藩も新政府軍となってしまっており、私は敵になっています」と下を向きながら小声で話した。

松平は、

「面と向かい合って戦うわけではないので、いいではないですか」と周作をなだめた。

松前攻撃が始まり、蟠竜丸は最初、津軽藩の旗を掲げて松前城の砲台を惑わし、湾の奥深くに入ると、こんどは正面の海から砲撃を開始した。

ここでは阿波海戦と異なり蟠竜丸からの砲弾は、かなり正確に狙ったところに当った。城壁が立て続けに大きな煙を噴いている。

これに対して松前藩の砲台からも蟠竜丸に向けて砲弾が撃ってきた。こちらも正確に砲弾が飛んできた。このうち、砲弾一発が蟠竜丸に命中し、慌てた蟠竜丸はさっさと沖に逃げていったのであった。

一方、陸での旧幕府軍と松前軍との戦いは壮絶を極め、旧幕府軍が各所で善戦したことから、松前軍の兵士が逃げる際に町へ火を放ったことなどから、松前の三分二にあたる二千軒の家屋を焼失してしまった。

また、新たに藩主の居場所として建てられた館城は、築かれてからわずか二十五日後、旧幕府軍に占領された後、不要だとして焼き払われてしまった。

蟠竜丸にいた周作は、

「今回は危なかったですね。二発の砲弾をくらいましたが、士官室に当るとは思っていませんでした」

松平辰之助も、

「戦闘中なので幸い、士官室には誰もいなかったのが幸いした」

とほって胸をなでおろしていた。

周作は、

「それにしても、美しかった松前の町が火の海で覆われ、戦争は本当に悲しいですね」

暫くして、城下の火災と戦闘が終った頃合を見計らい、周作ともう一人の医師見習と看護兵は、搭載されたボートに乗り移り、傷ついた将兵の治療のため、松前に上陸した。

一方、旧幕府軍の旗艦である開陽丸は、その頃、榎本らを乗せて江差沖にあった。開陽丸は、松前軍が残存していると思われる江差の天の川河口に向けて大砲を撃つも、反撃はない。

偵察兵を出すと松前藩士の姿はなく、開陽丸にいた陸戦隊は抵抗を受けることなく上陸し、松前から陸路敵を追ってきた土方軍と合流した。

しかし、次の日になると、江差沖の海は大荒れの天候となった。開陽丸は運悪く、錨の海底へのかかりが解けて、流されてしまい座礁してしまったのである。

「中島三郎助」

開陽丸に残っていた中島三郎助が、片側の大砲をすべて放ち、この反動で座礁から脱出しようと試みたが、これは失敗に終わり船がさらに傾いたことから乗組員全員が陸に逃れた。数日後、旧幕府軍の将兵が見守る中、開陽丸の姿は海の中に消えていったのであった。また、開陽丸の救出に向った神速丸（二百五十トン）も座礁してしまった。

この戦いで松前藩に勝利するも、旗艦開陽丸とさらにもう一隻、なんと二隻の艦船を失ってしまったのである。

半澤が負傷、周作と再会

松前攻撃の本隊は、藩主を伴い敗走して北上した松前藩を追撃していた。

敗戦した松前藩士らは、病床の松前徳広公を伴って北上して乙部まで逃れ、ここから和船を借り受け厳冬の荒れた海を津軽藩まで逃げ伸びた。しかし、到着後に徳広公の病状が悪化し、津軽に上陸後、まもなくこの世を去ったのであった。

藩主がすでに津軽へ向け離藩したことを知った旧幕府軍は、松前軍に降伏条件を送った。

一方、周作と医師見習は治療のため蟠竜丸を離れ、松前に上陸した。高松凌雲の教えに従い敵見方の区別なく、負傷兵士の治療にあたった。

松前城をめぐる戦闘は、すでに三日目となっていたことから、瀕死の者は死亡していたが、それでも治療を必要とする者は多く、仮の救護所では、各隊に付随した軍医だけでは手が足りず、治療を待っていた。

松前城での最終の戦いでは、城の門に迫った旧幕府軍の兵士に対して、松前藩は大砲に玉を込め放つ準備ができると、門を開けて大砲を一斉に放って敵を撃つ戦法をとっていた。

しかし、何度も同じ戦法を受けた旧幕府軍は門の戸が開いたとたん、門の外側で鉄砲を持った兵士が砲手めがけて一斉に放ち、これに乗じて切り込み隊が城内に打ち入ったのである。

その城の門が開いた時、真っ先に城内に切り込んでいったのが、あの元会津藩士の木嶋武士郎であった。

一方、藩主が移っていた館城には、法華寺の住職であった三上超順《ちょうじゅん》も館城を守っていた。

一人の旧幕府軍の兵士が館城の門の下をかいくぐり、門戸を内側から開き、旧・幕府軍の兵士が一斉に中に入ってきた。

これを見た三上超順《ちょうじゅん》は片手に刀、片手には盾としたマナ板を持って切りかかり、二人に手傷を負わし、さらにもう一人に重傷を負わせた。旧幕府軍の兵士は、突然、弁慶が現れたように見えて驚いたが、周りの兵士に総がかりとなり、三上は切倒されてしまった。

周作ら蟠竜丸の医師が福山城の門に行くと、松前藩士数名が落城を覚悟して自害している遺体があった。その横に大怪我をして、うつ伏せになっている松前藩士がいた。まだ息はある。周作がその手に脈があることを確かめてから体を起こし、顔を向ける。すると何と、沖の口番所で与力をしていた半澤良之慎でないか。

周作は、

「半澤さん、半澤さん、しっかりしてください。箱館の諸術調所の書生だった野宮周作です」

半澤はうっすらと目を明けて、少しうなずいた様子であるが、意識はもうろうとしている。

半澤の傷は右肩から胸にかけての刀傷だ。

周作は止血を行い、傷口を消毒し、包帯を巻いた。

「半澤さん、刀傷は急所を外れていますから命には心配ないですよ。

これから救護所となっているお寺に運びますので、しっかりしてください」と声を掛けた。すでに土方の隊の医師は、松前藩主と共に北上した松前残存部隊を追撃していた。土方隊の医師らは、負傷兵を仮救護所の寺に集め、一通りの治療を施したのち、医師見習一名だけを残した。

周作は周りの兵士に命じて半澤を戸板に乗せて運ばせ、共に仮救護所と定めたお寺の本堂に向った。

そしてその日から、仮救護所の寺で運ばれてくる負傷兵の治療にあたったのであった。勿論、将兵で傷ついているものは、敵見方を問わず、運んでくるようにきつく申し伝えた。

数日後、半澤は布団からひとりで起き上がれまでに回復するようになり、周作との再会を喜んだ。

この頃になると、町を離れ山に隠れて避難していた松前藩士の家族も、夫や父親の無事を聞きつけ、仮救護所に姿を見せるようになっていた。

半澤の家族も無事の知らせを知り、周作への挨拶に訪れていたのであった。

ところで、後に半澤が元気になり、負傷した時の様子を聞くと、半澤を切ったのは、何と旧会津藩士の木嶋武士郎であったようである。

幸い半澤の家は焼失を免れていた。

「蝦夷地に新政権」の設立

松前から戻ると、榎本武揚に呼ばれた。同席には高松凌雲が横に座っていた。

榎本は周作に、

「松前での将兵の治療従事、あっぱれである。よってこれより、海軍医師心得より、海軍医師を任命する」と辞令を下したのであった。

榎本の横にいた高松凌雲は笑顔でうなずいていた。

榎本が席を立ったあと高松凌雲は、

「よく私の教えに従ってくれた。敵・見方の区別なく将兵の治療のあたってくれた。私からもお礼を言いたい」

「ご指示に従ったまでのことであります。兵達は上官の命にしたがい、自分の使命を貫いただけであり、負傷した後は皆同じ立場であるという、先生のお考えに私は何の疑いを抱いておりません。先生の教えは、万国共通の習いであることと心得ております。ありがとうございます」と、周作は応えた。

周作は直ちにお喜代の元に立ち帰り、医師心得から海軍医師となったことを報告。義父の金井良庵もとても喜んだ。

箱館の旧幕府軍にとって、暫くの平和な日々がしばし続いた。

周作は、旧幕府軍本部のある五稜郭と、お喜代の家を往復する平穏な時でもあった。

明治元年（１８６８）十二月十五日、箱館の町の祝砲は百発が放たれる。これは榎本武揚ら旧幕府軍が「蝦夷徳川国」の設立を宣言したのである。

新政権が設立されたので総裁をはじめ、副総裁さらには海軍奉行、陸軍奉行を改めて決めることになった。欧米にならい選挙で選ぶことが決められ、士官以上の者が投票することとした。投票が行われたのは新政権設立から三日後のことである。

選挙の結果、総裁には榎本武揚、副総裁には松平太郎、海軍奉行には荒井郁之助、陸軍奉行には大鳥圭介が選ばれた。そのほか、陸軍奉行並には土方歳三や海陸裁判官や会計奉行など、講和国の組織と諸役が定まった。

金井良庵の屋敷に戻るとお喜代は、

「お祝いの会が、五稜郭で盛大に行われたそうですね」

と軍医の制服をたたみながら切り出した。

周作は、

「箱館にいる外国の領事や士官を五稜郭に招き、宴をもったのだが、これは外国に新政権を認めてもらうためのご機嫌取りさ。

それと箱館の人々に安心してもらうと、心配りをしたものだ」と注釈を加えた。

年が明けた正月の箱館の町は、旧幕府軍が統治していることを忘れたかのように、いつもの正月となり、人々は晴着を纏い、神社仏閣に詣でるのであった。

勿論、周作もお喜代と二人揃って八幡神社に詣でたのであった。

しかし、箱館の旧幕府軍にとって安泰の日々は長くは続かなかった。政府軍は体制を建て直し、旧幕府軍への総攻撃が三ヵ月後に迫っていたのである。

箱館病院を接収

実は高松凌雲は、箱館医学所という西洋式建物の病院がここにあることを、以前より知っていた。

高松凌雲は、徳川昭武《あきたけ》公と共にパリの万国博覧会に留学。その時に同行した栗本鋤雲本人より、この病院建設に至る経緯を帰路の船の中に聞かされていたのだ。

旧幕府軍は、この箱館医学所を接収し負傷兵の治療を行う「箱館病院」としたのである。この箱館病院の頭取に高松凌雲が任じられた。

病院には松前戦で負傷した旧幕府軍の兵士が入院していた。しかし、旧幕府軍の各隊の医師は、自分の隊の隊員には手厚く治療を行うものの、旧幕府軍の他の隊員には持っている薬でさえ与えず、治療をしようとしていない。

これを見た高松凌雲は医師を集め、

「この病院にいる間、君たちはもう各隊の専属の医師ではない。この箱館病院で治療をする限りは当病院の医師とした振る舞いを願いたい」と説いて聞かせた。

しかし、各部隊の医師達は、この凌雲の言葉に積極的な反応を示さず、顔を背けるものすらいた。

これを見た凌雲は、

「これではまったく病院の仕事にはならない。五陵郭本部に出向き、榎本総裁に相談してくる」

と病院を後にした。

五陵郭本部に着いた凌雲は、榎本のそうした各隊付の医師たちの状況を話した。

「それでは一筆したためよう。箱館病院頭取の栗本鋤雲に病院の全権を委任する。総裁榎本武揚」と榎本は成文化した。

以後、各隊の医師は勝手な振り舞を慎み、また、病院専属の医師を別に配属させたのであった。

失敗した「甲鉄（丸）」奪回作戦

バン、バン、バン、パン、パンと立て続けに連射したガトリング銃が、宮古湾（南部藩）に停泊している政府軍の戦艦・甲鉄（丸）（千三百トン）の船尾甲板から火を噴いた。

旧幕府軍の戦艦・回天丸は宮古湾内に星条旗を掲げて入港、敵を欺き油断を突いて甲鉄（丸）に横付した。そして、旧幕府軍の新撰組隊の斬り込み隊は、回天丸から甲鉄（丸）の甲板に飛び移った。

甲鉄（丸）には二十人近くが乗り込もうとしている。戦闘は暫くの間続き、甲鉄（丸）からは回天丸の船橋などにめがけて絶え間なくガトリング銃が撃たれた。

周作はこの戦闘の様子を船内の船室の窓から恐る恐る見ていると、回天丸の艦船頭・甲賀源吉が運び込まれた。船橋で指揮を取っていたところ、狙い撃たされ、足の腿と胸、頭をガトリング銃で撃たれ、負傷したものでかなりの重症だ。

周作は看護の兵士に命じて、弾丸摘出の手術の用意をしたものの、手を施す間がないまま甲賀は

「甲鉄丸」

息を引きとった。

施薬所には、次々と負傷兵が担ぎ込まれ、周作ら四人の医師らは手を休めず、治療にあたった。

周作にとっては、この特攻ともいうべき作戦は、まさに大逆転を狙ったであるが、やはりかなり作戦に無理があり、自分自身にもいよいよ来るべき時が訪れるかと覚悟した。

切り込み隊は乗り込んだものの、政府軍の数は多く、見る見るうちに倒された。たまらず指揮をとっていた土方は、

「これでは戦にならない。撤収しろ！」と大声で叫んだ。

回天丸に戻れたのは、わずか数人だけであった。回天丸は甲鉄（丸）から離れ、全速力で、宮古湾を後にしたのであった。幸い甲鉄（丸）からの砲撃はなく、追撃はなかった。

軍艦・甲鉄（丸）は、もともと幕府が米国に発注したもので甲鉄（丸）が日本に引き渡された時は、すでに新政府軍が発足したことから、旧幕府軍のものとならなかった経緯がある。榎本もかねてより、甲鉄（丸）の優れた性能を熟知していたのであった。

艦船は鉄板装甲がなさられているほか、旧幕府軍の回天丸と同じ大きさでありながら、搭載されているアームストロング砲三門の威力は、回天丸の倍の射程距離となっており、さらにガ

トリング銃も備わっている。

榎本は今後の戦況を考えると、甲鉄（丸）を是非とも奪い取りたいと考えたのである。

そして、新政府軍は、その年の三月に軍艦・甲鉄（丸）をはじめとする軍艦や輸送船八隻を旧幕府軍攻撃のため宮古湾に入港させた。

これを知った榎本は、甲鉄（丸）奪還の作戦を計画した。このため、土方歳三ら新撰組隊による斬り込み隊を、回天丸、蟠竜丸及び高尾丸に乗せ、宮古に送り込んだ。

しかし、この時も嵐により、蟠竜丸は機関が不調で途中離脱し、もう一隻の高尾丸（箱館で新政府軍から拿捕）は途中で漂流してしまい、宮古には回天丸の一隻しか到着できず、無理を承知で挑んだものの甲鉄（丸）奪還は失敗、回天丸は箱館に引き返したのであった。

この時、回天丸には戦闘による負傷が多数でることを予想して、医師や医師見習い四名が乗船するという特別な救護体制を組んで作戦に臨んでいた。この中に今回、周作も通常は勤務乗船している蟠竜丸から回天丸に、ほかの医師らと共に乗船していたのであった。

回天丸に乗船した周作は今回の宮古への襲撃では、後に残したお喜代ことばかりを考えていた。

箱館へ総攻撃、旧幕府鑑船は無くなる

その後、新政府軍の本格的な反撃が始まった。新政府軍は各藩の隊と合わせて五千の兵を乙部、江差などから相次いで上陸させた。これは旧幕府軍の二倍の兵力で押し寄せてきたのだ。

周作は、再び蟠竜丸に乗船することになった。

養生所では、お喜代に、

「新幕府軍の艦隊は青森にいて動きはまだないとのことだ。まずは、陸戦隊を投入している。それからじっくりせめてくるのだろうな」

お喜代は、

「この家は大丈夫でしょうか」と心配そうに周作の顔を見た。

「いずれこの大森浜にも新政府軍の兵士が上陸してくる。養生所の門を硬く閉ざし、皆が一つのところにまとまり、戦さの成り行きを見守っていてほしい。我が国（旧幕府軍）と新政府軍から街に火を付けられることはないだろう。静かにしていれば大丈夫だ」と言い聞かせた。

「ご無事でお帰りください。祈っております」と　お喜代は悲しい声でいった。

「蟠竜丸の中では、大砲に玉に当らないようにしているから、心配するな。これまでも無事に帰ってきている」

周作の予想通り、新幕府軍は江差、松前を奪還し、二股付近、木古内口や松前口などの要所を奪い、残るは箱館のみとなった。

四月二十四日の朝、箱館湾の沖には新幕府軍の甲鉄（丸）をはじめ艦船・六隻が陣取り、箱館湾の砲台や残った回天丸、蟠竜丸、千代形丸の三隻となった旧幕府軍の艦船めがけて、大砲を撃ち始めた。箱館総攻撃が始まった。

弁天島砲台の旧幕府軍がこれに応戦した。数時間にわたる凄まじい砲撃戦が続いた。このうち、蟠竜丸に砲弾が命中し蒸気機関を破損させ、身動きがとれなくなった。

何とか岸の近くに固定し、弁天岬砲台と共に猛反撃により、その日の新政府軍の艦船は、箱館湾から一時撤退したのであった。

そして、翌五月十一日、再び新政府軍の艦船が箱館湾の押し寄せてきた。

多勢に無勢、回天丸もこれまでの戦闘で八十発以上の砲弾を浴びて、もはやまともに動けなっ

ている。船艦頭の新井郁之助は、

「浅瀬に乗り上げて、浮砲台となる」と指示した。

また、新政府軍の陸戦隊が各方面から、箱館に上陸してきている。箱館山の方面を見ると、すでに新政府軍の錦の旗がひるがえり、街中の各所にも新政府軍が進攻している。

新井は、

「そろそろ潮時だ。乗組員全員は本船から脱出、上陸する」

乗組員は、次々と搭載されたボートに乗り移った。

皆はその後、陸路で五稜郭に撤退したのである。

回天丸には新政府軍の兵士が乗り込み、火が放たれ焼け落ちてしまった。

この間、もう一隻の千代形丸は新政府軍側に捕縛されてしまった。旧幕府軍で最後に残った戦艦は、周作が乗り込んだ蟠竜丸だけとなってしまった。

周作がいる蟠竜丸の施薬所は負傷者で一杯となり、士官室にも次々に運び込まれる負傷兵の手当てに追われている。

「薬や包帯も残り少なく、そろそろ底をついてきている。これでは手当てのしようがない。艦船頭にも報告をしなければならない」と額の汗を拭きながらつぶやいた。

蟠竜丸の砲弾が残り少なくなり、箱館湾海戦も終わりに近づいた頃、蟠竜丸が放った砲弾が新政府軍の艦船・朝陽丸に見事に命中、しかも火薬庫を直撃したことから「ドドーン」と大爆発を起した。

劣勢を強いられていた旧幕府軍の陸兵隊にとってこの爆発は、反撃の時が到来したと思え、「ウォー」と大きな歓声を上げたのであった。

これを陸で見た土方歳三は大いに昂揚し、敵に囲まれ孤立した弁天岬砲台の隊を救おうと馬に乗り一人突撃したが、銃弾を浴びて壮烈な戦死を遂げてしまった。享年三十五歳であった。

また、土方が戦死した場所からほど近い千代ヶ岡陣屋では、新政府軍の猛攻撃にさらされ、中島三郎助と二人の息子ともどもに戦死した。

さらにこの戦いでは仙台から乗り込んで来た元・会津藩士の木嶋武士郎も華々しい最後を遂げてしまったのである。

この時、木嶋は敵の一斉射撃の後、切り込んだところ、切り込みを予想し第二の射撃隊が再び一斉射撃を行い、これの銃弾を浴びて戦死した。千代ヶ岡陣屋での戦いでは、隊のほぼ全員が戦死している。

箱館湾にある蟠竜丸の砲弾も尽きてしまった。艦船頭の松岡盤吉は、

「万策は尽きた。皆、よくここまで戦ってくれた。礼を申す。それでは一同、本艦を放棄する」

と乗組員を下船させ、弁天岬砲台の守備隊に合流させた。

周作も、負傷兵と共に小船に乗り艦を離れ、戦場を迂回して野戦病院となった箱館病院をめざした。

天岬砲台の守備隊は、まだ降伏していなかったが、蟠竜丸にも政府軍が乗り込み、回天丸と同様に火が放たれ灰燼と化してしまった。

艦船をすべて失った旧幕府軍は、これにより箱館戦争での敗北が事実上、決定的なものとなっていた。

この後も新幕府軍の艦船・甲鉄（丸）のアームストロング砲により、箱館湾内より五稜郭の旧幕府軍本部にめがけて長距離砲弾が次ぎ次ぎと撃ち込まれていた。

五稜郭建設当時、設置場所を選定した堀利熙やこれを設計した武田斐三郎も、まさか箱館湾

から五稜郭に砲弾が届くとは当時、予想をしていなかったことであろう。

この五稜郭に向けて政府軍の軍艦・甲鉄（丸）からアームストロング砲を放っていたのは、驚くことに誰あろうあの井村幸正であった。

井村は、箱館綜覈館《そうかくかん》から富山前田藩に戻り、藩による西洋式軍隊の教育武官としてあったが、富山前田藩はその後維新にあたり新政府軍の側となっていた。

新幕府軍は海軍士官がきわめて不足、特に航海術や砲術に長けた士官の派遣を各藩に強く求めたことから井村は、新政府軍の海軍将校となっていた。

そして箱館総攻撃にあたり、津軽から艦船・甲鉄（丸）に乗り組んでいたのだ。

箱館病院に新政府軍が乱入

箱館総攻撃の前、二股付近などの闘いで負傷した将兵は、五稜郭に撤退してきたが、彼らは湯の川にある野戦病院に百八十名近くが収容されていた。これを箱館病院に移そうとしたが、すでに病院には二百名近い患者がおり、とても収容しきれない。そこで大町の浄玄寺を仮の病院として、これらにも患者を分かれて病兵を移した。

新幕府軍の砲弾は旧幕府軍の陣地や五稜郭に向けて、放たれていたため、民家への被害は少なかった。

では、すでに病院は満室状態からさらに床に畳をひき、急ごしらえで対応をした。

この間の闘いで負傷兵は、旧幕府軍ばかりか、新政府軍の兵士も町衆によって運び込まれた。

重傷を負っているとはいえ、敵兵が同じ病棟に担ぎ込まれるのを見た旧幕府軍の兵士の中には、起き上がり刀に手をあて、いきり立つ者があった。

これを見た高松凌雲は、改めて、

「敵、見方を問わず、これを治療することは、万国の習いであり、日本が開国した以上、この習いに従うことがご時勢となっている」と大きな声で説いて聞かせたのであった。

また、

「私の流儀が気に入らぬと言う者がいたら、即刻、この病院から立ち退いてもらいた」

と入院治療中の将兵を威嚇したのであった。

以後、誰も敵兵が運び込まれても文句を言う者はいなくなった。

箱館総攻撃がはじまり、数日後に箱館の街は新幕府軍によって制圧されている。

病院には新政府軍の士官が兵士数名を伴って箱館病院に現れた。

医師見習の谷地は、

「先生、大変です。新政府軍の兵士が、病室になだれ込んでいます」

これを聞いた高松凌雲は、病室に走り、

「当院は戦場ではない。すでに戦いを終え治療を受けている。負傷したものは旧幕府軍ばかりか、政府軍の兵士も収容されている。静かに見守っていただきたい」

とその士官に駆け寄り、負傷兵に手をださないように嘆願、ここでは敵、見方の区別なく治療していることを丁寧に説明した。

これを聞いた新政府軍の士官は、いたく驚き、その後は高松凌雲の病院の治療に協力したのであった。この士官は薩州隊の村橋直衛《むらはしなおえ》であった。

「現在の市立函館病院（旧箱館病院）」

この時、箱館病院は周作の蟠竜丸の乗組員も加わり、負傷兵で溢れるのであった。

ついに降伏す

弁天岬砲台で孤立する守備隊に、新政府軍から降伏勧告書が届いた。弁天岬砲台の隊では、すでに食料や弾薬が尽きていることから、これに応じ二百四十名が降伏した。

一方、天岬砲台の守備弁隊が降伏したことから、新政府軍は五稜郭の榎本にも降伏勧告をおこなった。この書状は箱館病院の高松凌雲が、五稜郭に本陣を構える旧幕府軍の榎本武揚に届けたのであった。

最初の降伏勧告には応じず、丁重な断りの書面と共に、和蘭から持ち帰った榎本にとっての座右の書とも言うべき「万国海津全書《かいりつ》」を新政府軍の参謀である黒田清隆に贈ったのであった。

「おいどんは和蘭が読めないが、これは国々の決まりを定めた国際法であろう。こうした貴重な書物を差し出すとは、榎本はなかなかの人物であろう」と黒田は周りの士官に漏らした。

そこで黒田は、津軽海峡で獲れたばかりの大きなマグロを五稜郭の榎本に返礼として届けさせたのであった。

その後も黒田は、榎本とのやりとりを繰り返し、熱心に降伏の勧告を行い、数日後にようやく、五稜郭から半里南西のところにある亀田八幡宮で会見の場を持った。

会見では暫くすると、酒席となり、ふたりは意気投合し、ここにようやく旧幕府軍は降伏した。

周作、新政府軍の捕虜に

弁天岬砲台の守備隊が降伏したことから、周作が乗っていた蟠竜丸の乗組員は守備隊の兵士と共に五稜郭の本隊よりの先に捕虜となっていた。負傷兵ともども箱館の寺に設けられた捕虜収容所に移されたのであった。

野宮周作は、医師であることから負傷した捕虜が収容されている箱館の寺や箱館病院を回り、負傷兵の手当てをすることが許されていた。見張りの新政府軍の兵士が同行するが、医者である周作に敬意を払ってくれたことから、窮屈な捕虜暮らしにはならなかった。

しかし、お喜代をはじめ養生所の人々とは会うことは許させず、お喜代は周作の姿を寺の門前でうかがうしかなかった。

するとそこに、ある日、甲鉄（丸）に乗船していた新政府軍将校の井村幸正がお喜代のいる養生所に周作を連れて現れた。

「金井先生、お喜代さん、お久ぶりです。こんなところで再開するとは、思ってもみなかった。近いうちに周作、いや野宮先生は、船で東京となった江戸に移送される。その前に二人を是非とも会わせておきたいと思い、今日は野宮先生をこちらにお連れしました」

お喜代は、

「大変ありがとうございます」と養生所の座敷で深々とお礼を申し述べた。

養生所にある自分の部屋で一夜を過ごし周作は、翌日に再び負傷兵が待つ箱館病院に監視兵と共に戻っていった。


箱館戦争が終結してから数日後、榎本武揚、松平太郎、大鳥圭介ら旧幕府軍の幹部五人は、青森にアメリカ船で護送された後、青森から囚人籠で東京となった江戸まで四十日をかけて移送され、牢獄に入れられた。

旧幕府軍の一般の将兵は、弁天岬砲台近くに建てられたバラック子屋の収容所に多くが収監されたほか、東北の各藩に収容された。

高松凌雲をはじめ周作らの医師は、船で東京送りとなり、その後、各藩での預かりとなったのである。

周作は、再び箱館の港から他の医師たちと共に、小船で沖に待つアメリカ船に乗込んだ。お喜代は、前と同様に港で船が湾を出るまで見送った後、急いで船見坂を登り、さらに早足で立待岬に向かい沖を東から西（右から左）へ太平洋方向に進む、蒸気船に再び大きく手を振ったのである。

この時、お喜代のお腹には、周作の子供が宿っていたのであるが、周作はまだそれを知らされていなかった。

江戸に着いた高松凌雲ら医師たちは暫く投獄された。このうち、高松凌雲は高名であったことから、出身藩からの願いが出され、阿波藩お預けとなった。

阿波藩では、高松凌雲を呼び寄せ西洋医学を若い藩の医師に学ばせようとしたのである。そのほかの医師や、医師見習いたちも、各藩へのお預けとなった。

また、周作は出身藩の富山前田藩からの願いにより、これが実現した。この藩内での嘆願では、井村幸正が新政府や富山前田藩の重役に強く働きかけたのであった。

周作は迎えに東京まで出向いてきた藩の役人に添われて、再び富山に戻った。その後、富山では、城下に近い西別院の寺に収監され、謹慎の身となる。

西別院に着くと、箱館戦争の後に藩の役職に戻っていた井村幸正が待っていた。

「お互いに無事に富山に戻れてほんとうによかった。

戦《いくさ》はおれの方が得意だと思っていたが、戦場での活躍ぶりでは、お前にお株を取られてしまった。

ご両親をはじめ、ご家族もお元気で過ごされている。近いうちに、皆様にもお会いできるだろう。また、箱館の金井先生をはじめ、お喜代さん、養生所の皆さんもお元気で何よりだ」

「何から何まで幸正さんのお陰で、富山前田藩お預けとなり尽力いただき感謝しています」

「心配するな、もう暫くの辛抱だ。すぐに放免になる」と笑顔で周作を元気づけた。

一方、お喜代はしばしば立待岬に足を運び、沖をながめては周作が船に乗って帰ってくる日を待ち続けていた。

周作、新政府軍の捕虜に

コラム　北海道の名前の由来

北海道の名前は、『秘めおくべし』を著した松浦武四郎が命名したものだ。松浦が明治２年（１８６８）に道名について提出した意見書では、日高見・北加伊・海北・海島・東北・千島などの案うち、「北加伊道」の「加伊」を「海」に変更して「北海道」となったとしている。

これらのうち「道」とは、昔から中国や朝鮮の地域の区分けとして郡・道があり、日本でも古くから地域の区分けとして、東海道、西海道、南海道などがあった。そこで北海道を採用した。また、松浦自身も「北海道人」と雅号を名乗っていたこともあって、北海道になったという話もある。

また、「箱館」が「函館」にどうして改められたのは、今日に至ってもよく判っていない。蝦夷が北海道になった明治２年（１８６８）の翌月の九月、函館に開拓使出張所が開設されているが、その時から公文書に「函館」の文字が登場している。

これは九月二十五日に開拓使長官が函館に着任、これまでの箱館府の役人をすべて罷免、二十七日から改めて採用し人心の一新を図った。この人心の一新を図る象徴として「箱館」が「函館」にしたのではないかとう説が有力となっている。

しかし、その後も公文書に「箱館」が「函館」しばしば混同していたことから、「函館」に統一するようにとの上申書を函館支庁から関係諸機関に提出している。

周作、そしてお喜代は

あれから一年を迎える頃、寒風が拭き抜ける弁天岬砲台近くのバラック子屋の収容所で厳しい冬が過ぎ、東北の各旧藩に収容された旧幕府軍の将兵に新政府から「放免する」との判断が下された。

また、各藩にお預けとなっていた高松凌雲、周作ら医師たちも同様に釈放されることとなった。阿波藩は高松凌雲を慰留したが、凌雲はこれを断り東京浅草で医院を開業した。お金がない貧乏な人々でも治療が受けられる「同愛社」を設立し、民間救援の先駆者となった。

周作にも同様に赦免の知らせが届いた。お喜代が待つ、箱館は大森浜に向うのであった。

今回、富山からの箱館行きは北前船ではない。すでに蒸気機関船となっていた。

箱館戦争が終ったその年である明治二年（１８６９）の八月には、蝦夷地は「北海道」となり、さらにこれに合わせて、箱館は「函館」に改められた。

お喜代は周作が東京に移送され後、お喜代と周作が将来を誓い合った思い出の立待岬を訪れ、いつか周作が乗ってくるであろう沖の船を待つのであった。

さて、周作が東京に送られてから一年半後の夏、そろそろ八幡神社のお祭りが始まっている。白装束の大勢の氏子が八幡神社の神輿が練り歩いている。これらか町々を抜けて、多くの階段のある境内に向って進んでいくのであった。

周作は、その年の二月に生まれた長男の「乙平」が待つ函館の港に着いたのであった。乙平は金井良庵の幼少と同じ名前を息子につけたのである。

箱館から函館となった港に上陸した周作は、お喜代から初めて見るわが子を受け取り、「乙平は誰に似ているかなぁ。良庵先生似か、それとも富山の母君であろうか、どちらにしても元気でなによりだ」と。

平和となった函館の空に向け、乙平を大きく抱き上げたのであった。

お喜代の傍には、白髪となった金井良庵も笑顔でこれを見守った。

勿論、周作は再び、亀田半島の人々の診療にあたり、生涯を捧げたのである。

（了）

追記①――その後の武田斐三郎と諸術調所

ところで、その後の武田斐三郎と諸術調所について触れておく。

武田斐三郎は、箱館においては、身分を問わず西洋の学問を志す者を塾生として受け入れ熱心に教え人材育成を図った。また、箱館丸や五稜郭を作ったほか、箱館総攻撃の舞台となった弁天岬台場や溶鉱炉も設計設置し、さまざまな業績を箱館に形として残し、今日の函館の歴史遺産となっている。

武田は元治元（１８６４）年、江戸に設立された開成所（東京大学の前身）の教授に転身したため、一人しかいなかった教授が不在となっては、諸術調所は成り立たず、閉校してしまったのである。

「武田斐三郎」

武田斐三郎は箱館に赴任する以前、幕府で江戸開成塾教授のほか、大砲製造所頭取となったが、戊辰戦争が起こると、出身地の大津藩の佐幕派からあらぬ疑いを掛けられ、命を狙われた。

箱館から出てきたばかりの斐三郎が何故、命を狙われたかというと、それは兄の儒学者である武田敬孝に原因があった。この幕末の時代に命を狙われるのは、倒幕派の志士か、あるいは逆に佐幕派のどちらかである。しかし、斐三郎はいずれにも組していない。これは斐三郎の兄の敬孝が倒幕派を指導したため、弟の斐三郎も狙われた。そこで斐三郎は幕府に役職を辞退し、恩師の佐久間象山の出身藩である松代藩にしばらく身を隠していた。

明治時代となってからは、その後、新政府の陸軍大学校や陸軍士官学校の教授、さらには初代の陸軍幼年学校の校長などを務めたが、これら陸軍の創世期の激務で体を壊し、明治十三年（1880）に病死した。晩年五十三歳であった。

追記②――そして時代は明治時代へ

旧・幕府軍の幹部である榎本武揚、松平太郎、大鳥圭介らは同じ牢獄に収監されていた。牢の外では榎本の処分には、旧・長州藩士らを中心とする新・幕府軍の幹部は、厳しく処刑を求めていたが、これを黒田清隆は抑えた。この手立てとして黒田は自ら頭を丸め、首からは数珠を巻いて、榎本らの寛大な措置の嘆願を新政府要人に陳情して回ったのであった。

こうした黒田の苦労を知らず、榎本たちは牢獄での犯罪人と一緒に入れられていたが、牢獄の犯罪者たちは、榎本らが箱館の旧幕府軍の幹部であることを知ると、榎本らを牢の中で奉り上げ、まるで牢名主のように扱ったという話が伝わっている。

牢内で毎日按摩を受け、碁や謡曲、端唄、都都逸などを賭博の親分から習うなど、あまり苦労のない気楽なものだった。

また、隣の牢に入れられている松平太郎とは、守衛に分からないように和蘭（オランダ）語で話をして、獄内の情報の交換を行っていたという。

榎本らは二年半後の恩赦により獄中生活を終え、放免された。釈放から二ヶ月後、榎本は、開拓使次官の黒田清隆に抜擢され開拓使へ招かれ、北海道の開拓に尽力した。

その後、ロシア特命全権公使に抜擢され、樺太千島交換条約を結びロシアとの国境を確定している。また、初代逓信大臣、文部大臣、外務大臣、農商務大臣を歴任し、明治時代におけるわが国の発展に大きく寄与している。

さらに東京農業大学は、榎本武揚によって設立されたものである。

これも政府軍参謀の黒田清隆（後の総理大臣）による先見の銘があってのことである。この黒田清隆は、北海道開拓に熱心に取組み、米国より札幌農学校の教頭に「少年よ大志を抱け！」のウイリアム・スミス・クラーク博士を招き、今日に至る北海道発展の礎を築いたのであった。

クラーク氏は、マサチューセッツ州のアマースト大学で教鞭をとっていた時、学生であった新島襄から日本への招請を強く働き掛けられたという。新島は武田斐三郎の諸術調所には入門できなかったが、北海道の開拓に側面から尽力していた。

周作や金井良庵の養生所はフィクションであるが、箱館病院は、現在の函館市立函館病院に継がれ、市民の大切な医療機関として役割を担っている。

あとがき

四十年にわたり水産・食品専門紙の記者として、函館（箱館）には、毎年のように訪れていた。仕事の合間には、函館の名所旧跡、資料館、博物館を訪れた。このうち、新しい五稜郭タワーが出来た時、展望室に展示してある武田斐三郎のことが目に止まった。

武田斐三郎は、大坂（阪）にある尾形洪庵の適塾で学んだ人であることが頭に残っていた。大阪市の淀屋橋近くにある食品添加物を扱う製薬会社に行く途中、地下鉄の駅を降りると、古い木造住宅がある。何度もその前を知らずに通っていた。ある日それが「適塾」であることを知り、中に入ると大阪大学所有の博物館であり見学をした。

また、これまでの記者時代には、特に北海道や東北は三陸の漁業関係者に会うことが多く、その人達にご先祖の出身を聞くと、口を揃えたように「富山県など北陸から出てきた」という。旧・南茅部町の野村水産の野村譲社長、北斗市のトナミ食品工業の利波英樹社長も同様である。

実は、著者の先祖も富山県で、明治の中頃に曽祖父が魚津から東京に出てきた。

なぜに北海道や三陸の漁業者は、富山県など北陸地域からの出身者が多いのかという疑問を長年いだいていた。これに明確の答えてくれたのが、岩手県宮古市の浜田漁業部の浜田雄司社長に会って判かった。この浜田漁業部の三代前の創業者は、富山の入善町の出身である、入善町は北アルプスが日本海に落ち込む場所で平らな土地は少なく、道路や鉄道も「親不知《おやしらず》」といって昔からの交通の難所である。そうした土地に生まれた漁師は、長男が前浜の漁業を継ぐが、次男、三男は荒海の沖での漁業を学ぶため、若い漁師だけで宿や番屋子屋で共同生活を行い、北海道や三陸での新たな生活の場を求めて旅たっていったのである。無論この交通手段としては、北前船による日本海の海のハイウェーが存在していたのはいうまでもない。

この富山や北陸と北海道の函館を何とか結ぶ読み物は出来ないかと、かねてより構想を抱いたのが始まりである。

また、北前船といえば、高田屋嘉兵衛であるが、その資料館が函館市内にある。五稜郭内に函館港開港百十周年記念として再建された箱館奉行所オープンの翌日午後、北方歴史資料館を訪れた。すると「七月の大雨により、暫く休館します」と入口ドアに張紙が張ってある。ただし、御用の方はとして携帯電話番号と高田の名が記してあった。

「東京から館を見学に来ました」と電話をすると、

「それでは一時間後にいらっしゃい」との返事があった。

一時間後、資料館で待っていたところ、高田屋嘉兵衛から数えて七代目の高田屋嘉七氏（その後、故人となられた）が現れた。私のために一時間にわたり館を案内していただいたほか、資料の小冊子もいただいた。話をすると、実は高田氏の住まいは東京都で、私の住まいとかなり近いと告げると、とても喜んでくれた。また、高田氏は東京都内で自動車関連会社を営み、東京都の業者組合の理事長でもあると話してくれた。著者の勤める会社もこれまたご近所であった。さらに私の地元の区には「三タダ大学（授業料タダ、会場費タダ、講師料もタダ）という市民大学が開かれているが、共にその講師を務めていたことが後で判った。以後、年賀状のやり取りをさせていただいていたが、数年前に他界されたことを新聞で知った。あの北方歴史資料館で、江戸幕末においても高田家から依然として栄えていたお話をお聞きした。

さらに、書き出しのフェートン号事件では、長崎市に出張の折、いつもの定宿のホテルが閉館、代わりに予約したホテルが、出島の目の前であったことから、これを見学、さらに加えて新設されたばかりの博物館に行く。すると建物の中に長崎奉行所が再現され、紋付袴にちょんまげの奉行の役に扮したキャスターが「松平康英の腹には臓物を残さず、『腹に一物もなし』の意を示した」というフェートン号事件で切腹した長崎奉行の最期を再現してみせるアトラクションを行っていた。これは、なかなか面白い趣向であった。

加えて、富山前田藩では、旧知の富山市の蒲鉾会社社長である「梅かま」の奥井健一社長に資料をお願いしたところ「富山城ものがたり」（富山市郷土博物館刊）と合わせて、北日本新聞で連載の「越中460年を行く富山城探訪1〜8」の切り抜きを送っていただいた。これは感謝に耐えない。

その後、平成二十五年二月に以前に務めた会社を定年となった。新たな勤務先など身の振りかたで多忙となり、原稿は暫くの間先に進まず止まっていた。

ある時、東京海洋大学の集まりに出席すると、そこで函館出身であるという人に会い、「函館の話を、今書いているのですよ」と話を向けると、

「私は柳川熊吉の子孫だよ」（文中に登場する当時の侠客）という藤田滋氏に出会った。

「このところ函館にも行けず、また、筆が進んでいません」と状況報告をすると、

「あの手の幕末の本はいくつもあるよ。参考にしたらいいよ」と言って、子母澤寛の「行き

ゆきて、峠あり」上・下（講談社刊）を送っていただいた。榎本武揚の本は他に持っていたが、さらに深く知ることができた。これらを参考として、多くの本の中に柳川熊吉が、いたるところに登場している。

こんな状況がその後も続く。江差町には、水産業を振興の補助金審査員として案件の視察をした。そうしたら「時間があるので開陽丸の見学に行きましょう」と同行した案内役の人に連れていかれ、復元された実物大の「開陽丸」に突然出会った。日本財団が地域振興と青少年の歴史教育のためにドンと太っ腹で復元したのだが、実物を見てなかなかリアルに再現しているのに感激した。

その翌年にオープンした五陵郭内に復元された新・函館奉行所でも、大いに感激した。北海道では「よくぞここまで城や建物、船、博物館、資料館を作ったものだ」と関係者の努力に頭が下がる思いである。

こうした函館の名所旧跡や武田斐三郎、さらには北前船で繋がる富山新潟を絡めながら、一つの流れてとして物語を書けないものかとの思い小説の構想を練ったものだ。

特に五稜郭においては、「箱館戦争」が強く象徴付けされていることが多い。しかし、これを少しでも和らげながら、恋物語的な要素を加えた物語の流れとして執筆した。このため、ややこじつけ的な構図となっているが、読んでいただいた人が、函（箱）館をより理解し、親しみをもって函館の街を歩いてほしいとの意味を込めている。

また、各地で見聞や関係者からいただいた元気や感激、努力、情熱の積み重ねを思いながら、この小説を書き進むことができた。これまでお会いした諸先輩に謝意を表したい。

もうすぐ、北海道の人々が待ち望んだ北海道新幹線が平成二十八年春に開通する。また、これと相前後して富山を通る北陸新幹線も二十七年春に開通している。富山・北陸と箱（函）館をテーマに書いた筆者にとっても喜びに耐えないことである。

富山・北陸と函館を結ぶ逸話となることを期待して、筆を終えることにする。

参考文献

「黒竜江誌」詫間公民館第七支館（現・詫間町公民館） 粟島叢書綴 昭和三七～四二年発刊綴
「幕末・開陽丸」 石橋藤雄（元・江刺町教育長） 光工堂 平成二五年六月
「越中２６０年を行く 富山城探訪」No.１～８、北日本新聞 平成二二年七月より連載
「行きゆきて峠あり『上』、『下』」 子母澤寛 講談社 平成七年六月
「週刊・戦乱の日本史Ｎｏ45 新説箱館戦争」小学館 平成二一年一月
「菜の花の沖（三）」 司馬遼太郎 文春文庫 平成一二年九月
「高田屋嘉兵衛伝」 須藤隆仙 北方歴史資料館
「幕末富山藩の政争をめぐり一考
――家老 山田嘉膳の殺害一件」 高橋重雄 金沢経済大学論集21巻2・3号、金沢大学 昭和六二年一二月
「富山城ものがたり」 富山市郷土博物館 平成一七年一一月
「北前船」 永田信孝 函館市中央図書館所蔵
「函館市史通説編」
函館市史デジタル版第2巻第4編箱館から近代都市函館へ 函館市
「松前城築城４００年記念 概説 松前の歴史」 松前町 ㈱ぎょうせい 平成三年
「夜明けの雷鳥・医師高松凌雲」 吉村昭 文芸春秋 平成一五年一月

立待岬

歌手　森昌子
作詞　吉田旺
作曲　浜圭介

北の岬に咲く浜茄子《はまなす》の
花は紅《くれない》未練の色よ
夢を追いかけ　この海越えた
あなた恋しと　背伸びする
待って待って　待ちわびて
立待岬の　花になろうと
あなたあなた　待ちます
この命　涸れ果てるまで

霧笛かすめて　飛び交《か》う海猫《ごめ》よ
もらい泣きする　情があれば
北のおんなの　一途《いちず》なおもい
どうかつたえて　あのひとに
哭いて　哭いて　泣きぬれて
立待岬の　石になっても
悔いは悔いは　しません
ひとすじの　この恋かけて

使用写真・図・絵　一覧

P 17	千歳御殿（御涼所）	富山市郷土博物館　所蔵
P 19	八尾の「盆踊り」	（「写真素材フォトライブラリー」より取得）
P 25	松前勘解由	函館市中央図書館　所蔵
P 27	ペリー接見の図	〃
P 35	箱館諸術調所	（編集者撮影）
P 39	北前船の主な寄港地図	（編集者作成）
〃	北前船	（「写真素材フォトライブラリー」より取得）
P 61	松前福山城	多田伊之輔 氏 所蔵（松前町史より）
P 83	高田屋嘉兵衛	（編集者撮影）
P 93	日本で最初とされる洋式ストーブ	〃
P 99	亀田半島の周辺図	（編集者作成）
P 117	五稜郭	（編集者撮影）
〃	箱館奉行所	函館市中央図書館　所蔵
P 123	ニコライエフスクの周辺図	（編集者作成）
P 137	江戸築地の周辺図	安政３年実測復刻江戸図より
P 139	復元された開陽丸	（編集者撮影）
P 147	将軍の脱出	月岡芳年画
P 165	中島三郎助	函館市中央図書館　所蔵
P 175	甲鉄丸	（出所不明）ウィキペディアより
P 185	箱館病院	（編集者撮影）
P 194	武田斐三郎	函館市中央図書館　所蔵

著者略歴

みやび　つかさ＝辻　雅司（つじ まさじ）

1953年（昭和28年）生まれ、東京都出身。

長年水産食品ジャーナリストとして活躍。国内外での取材活動や視察をもとに学術書、食品産業の啓蒙書など著書多数。最近の著書では「バイオサイエンス小説『禁断のメタン菌』」（農林統計出版）や共著「和食食材かまぼこの世界」（同）。学会奨励賞や学術表彰も受けている。

博士（生物資源科学）日本大学
東京海洋大学 産学・地域連携推進機構 客員教授
農林水産省委員会・審議会委員を歴任

地域創生時代小説！

箱館、風祭り—「立待岬」物語—

2016年 1月25日　第1刷発行

発行者　山本　義樹
発行所　北 斗 書 房
東京都江戸川区一之江８－３－２　〒132-0024
TEL 03(3674)5241　FAX 03(3674)5244
URL http://www.gyokyo.co.jp

ISBN978-4-89290-033-4

定価はカバーに表示

表紙デザイン　クリエイティブ・コンセプト
印刷・製本　モリモト印刷
乱丁・落丁本はお取り替えいたします。

北斗書房の本

海の人々と列島の歴史

浜崎礼三 著
2,500円＋税
ISBN978-4-89290-023-5　A5判 273頁

海女、このすばらしき人たち

川口祐二 著
1,600円＋税
ISBN978-4-89290-025-9　四六判 227頁

『コモンズの悲劇』から脱皮せよ

日本型漁業に学ぶ　経済成長主義の危うさ
佐藤力生 著
1,600円＋税
ISBN978-4-89290-026-6　四六判 255頁

東南アジア、水産物貿易のダイナミズムと新しい潮流

山尾政博　編著
3,000円＋税
ISBN978-4-89290-027-3　A5判 217頁

変わりゆく日本漁業

多田稔・婁小波　他編著
3,500円＋税
ISBN978-4-89290-028-0　A5判 333頁

漁業者高齢化と十年後の漁村

山下東子　編著
2,600円＋税
ISBN978-4-89290-029-7　A5判 207頁